棒球人生賽 4th

蠢羊——編繪

登場人物介紹

林峰生

毫無存在感的巨蟹座男主角，
有極高的投球天賦卻不自知，
被關一挖掘後才開始投球。
在與平南高中的友誼賽後一戰成名，
成為備受矚目的對象。是林霧生的表弟。

林霧生

峰生的表哥，出身名門之後，
也是台灣大中港高級農業學校的
球隊王牌。

張關一

武德高中棒球隊隊長，
位置捕手，非常聰明。

郭武義

武德高中棒球隊教練，
不太擅長教學，可是很強。

薛政翟（ㄓㄞˊ）

武德高中新生，非常吵，
跟峰生同班，也是朋友。

田心

武德高中的校花，
與關一、峰生一同長大。

△：本書內容會出現未成年抽菸、喝酒與騎機車等畫面，
請注意未成年者不得從事上述行為。

第22回.諸義盃開打！

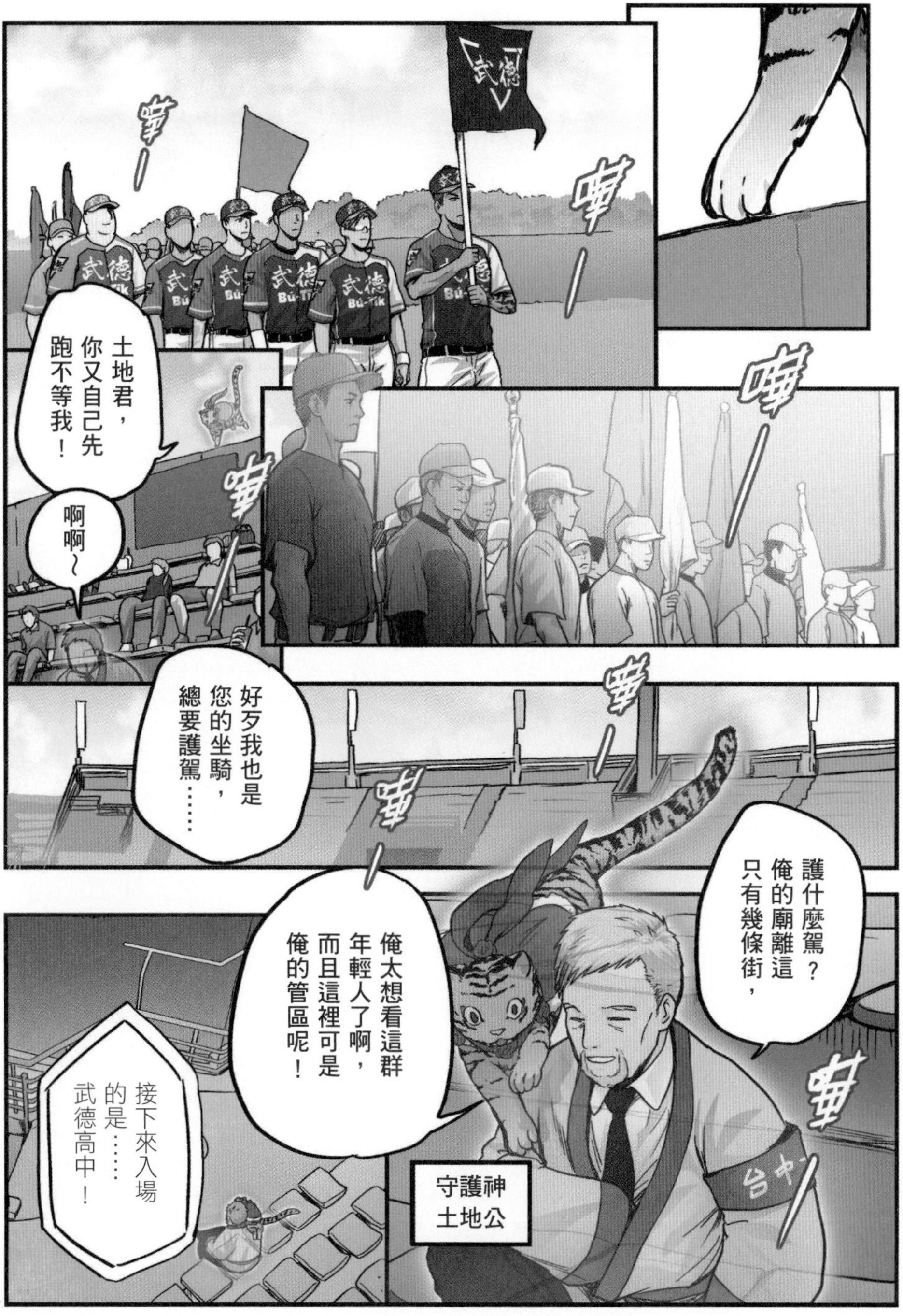
嘩—
嘩—
武德
武德 Bú-Tik
土地君，你又自己先跑不等我！
啊啊～
嘩—
嘩—
嘩—
好歹我也是您的坐騎，總要護駕……
嘩—
護什麼駕？俺的廟離這只有幾條街，
俺太想看這群年輕人了啊，而且這裡可是俺的管區呢！
嘩—
接下來入場的是……武德高中！
守護神 土地公
台中

嘩—
原來有這麼多人在打棒球啊……
接下來進場的是……
台灣大中港高級農業學校！
嘩—
嘩—
來了！
誰來了？
臺中最強的隊伍啊！
嘩—
從這個聯賽開始就連霸到現在了！
人太多了看不到啦……
大家注意！
最受歡迎的女神登場啦！
什麼受歡迎……

嘩——
最強的隊伍，當然就是由最受歡迎的女神來守護啊！
小千你不要亂說話！
守護神
林默娘
大中港
※：感謝韋宗成老師提供角色合作，
也感謝默娘願意下凡。

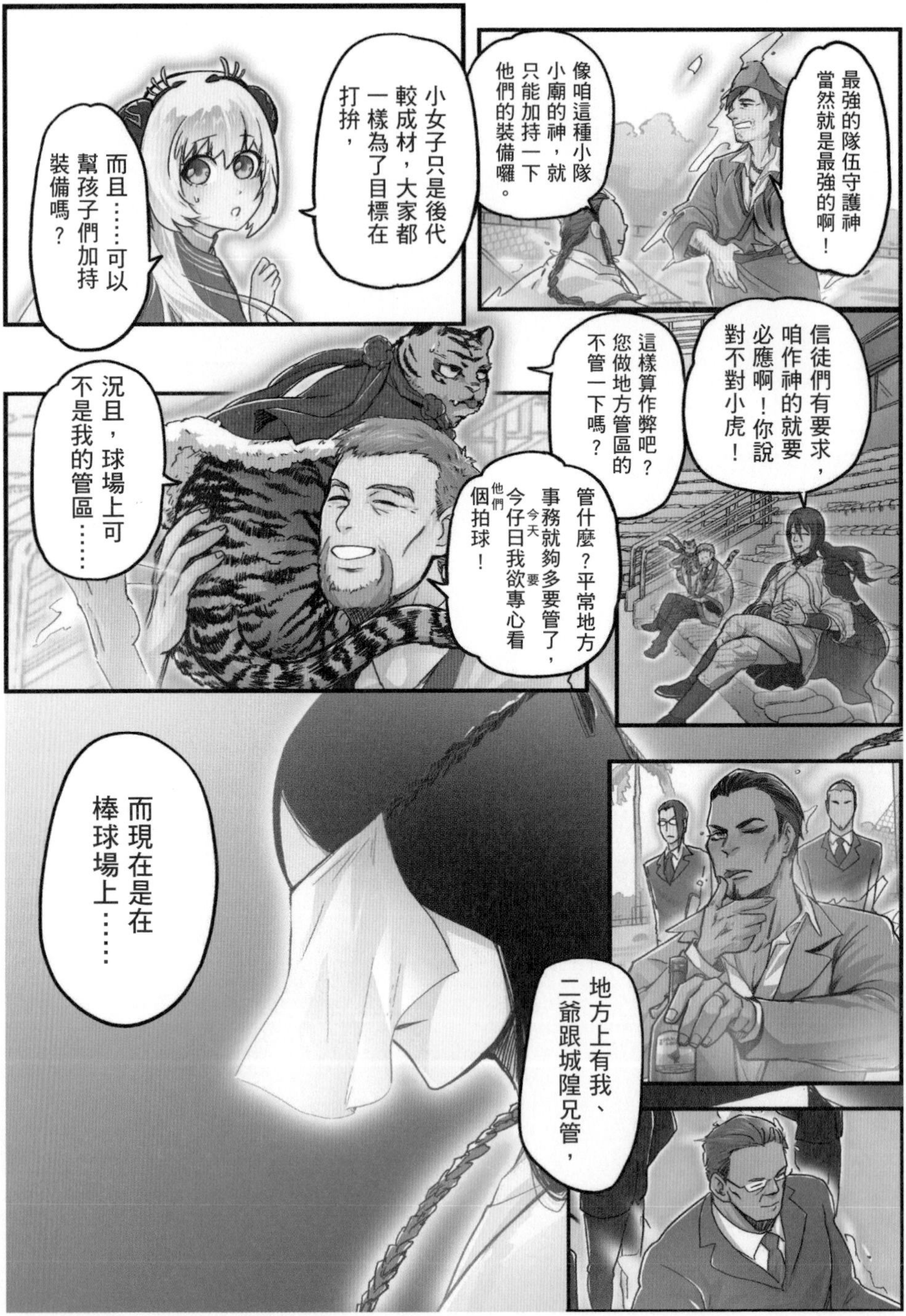

最強的隊伍守護神當然就是最強的啊！
像咱這種小隊小廟的神，就只能加持一下他們的裝備囉。
小女子只是後代較成材，大家都一樣為了目標在打拚，
而且……可以幫孩子們加持裝備嗎？
信徒們有要求，咱作神的就要必應啊！你說對不對小虎！
這樣算作弊吧？您做地方管區的不管一下嗎？
管什麼？平常地方事務就夠多要管了，今仔日(今天)我欲(要)專心看佪(他們)拍球！
況且，球場上可不是我的管區……
地方上有我、二爺跟城隍兄管，
而現在是在棒球場上……

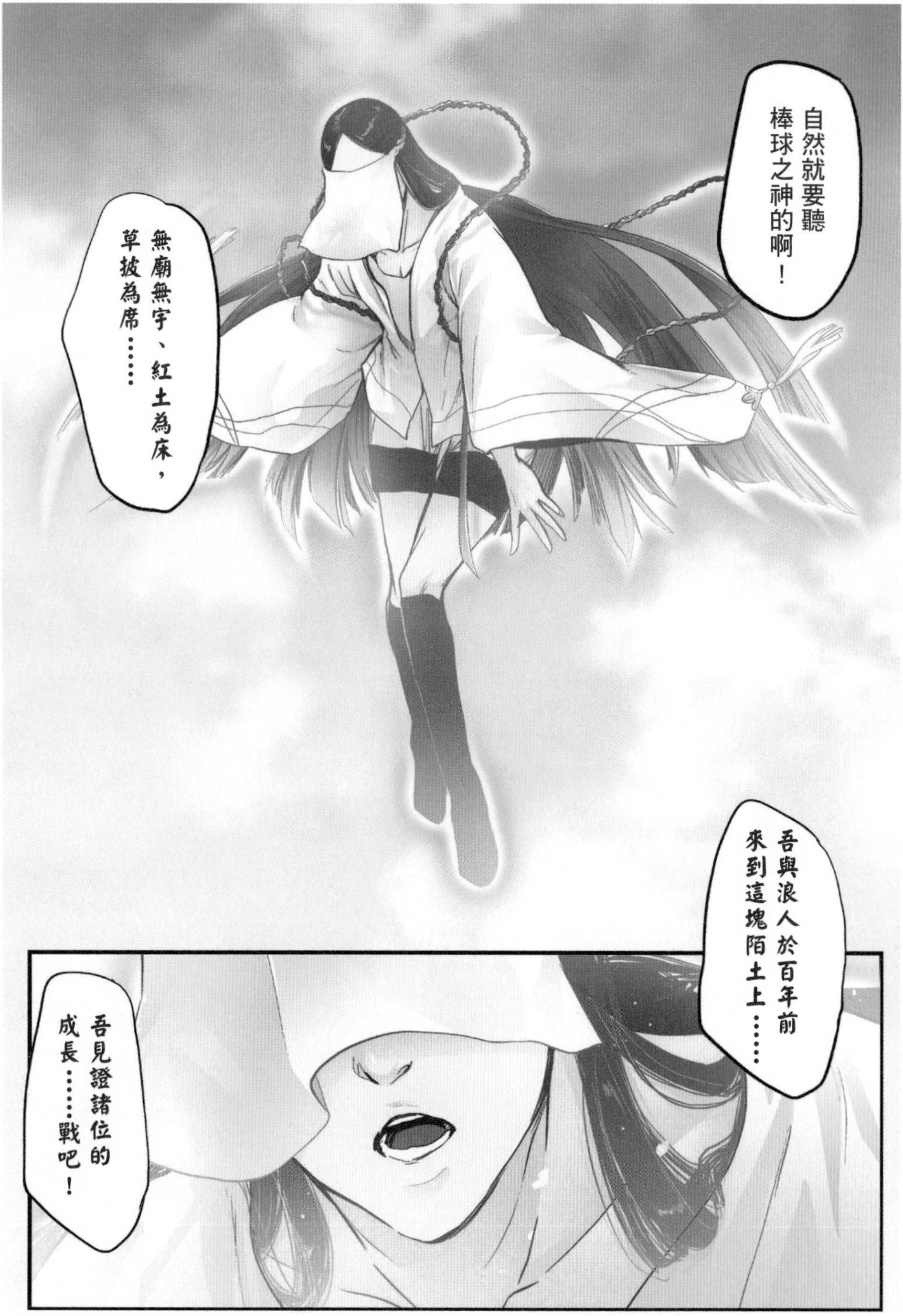
自然就要聽棒球之神的啊！
無廟無宇、紅土為床，草披為席……
吾與浪人於百年前來到這塊陌土上……
吾見證諸位的成長……戰吧！

吾將繼續見證歷史！

有些隊伍人跟我們一樣少耶。
對啊！
我還以為我們應該是人最少的。看到這樣我就放心了哈哈。
武德
近年來因為少子化的關係啊，不過大中港他們人還是一樣多，
不管哪個時代想進名門的人還是多得擠破頭。
名門？到底是怎樣的隊伍啊？
可惡人太多了根本看不到……
喔喔！他們的投手好強啊！
台灣大中港高級農業學校
首日上午賽程
雷陽高中
武德高中
首日下午賽程
沙

高中生可以丟到一四〇喔？
臺灣球場果然都是快樂槍啊！
快樂槍？
就是灌水的意思，投手的球速會上升個三到五公里。
哇，感覺會自信爆表耶。
一般高中生的極限差不多在一百三左右，
能投到一百四以上大概都不會待在臺灣，可以出國了。
像他～
我高中就一百五了。
我好像才一百三……？
不過我們籤運也不算太好啦……

我們的對手沒幾個社團，大都是科班……
實在是不太甜啊。
至少沒跟他們分在同一組啊，
已經算很不錯了。
……！
也是啦。
遇上他們的話，就等於直接打包回家了呢。
科班出身的都很強嗎……
對啊，他們可是從小就開始打棒球喔。

管他是誰，三振他就對啦！
投手的工作就是解決打者，阿峰很強的可以啦！
對啊，就是這種氣魄啦！別想太多，我們阿峰有主角威能耶！
啥瀨……
下午就看你表現啦！
快點吃一吃，吃完就過來看戰術。
好！

武德
下午第一輪比賽，武德高中VS雷陽高中！
130
最快能到一百三……
他就是那個壓制平南高中的投手，
那傢伙有點可看性。

關二爺，小女子向您請安。
天妃娘娘。
好久沒看到您了，今天難得有空來看球嗎？
每天在酒店和街頭上管事，也是會膩的。
娘娘請坐。
謝謝。

黑白兩道上總是麻煩，來看孩子打球單純多了。
孩子的眼神真的很單純呢。
是說，您家有個孩子特別厲害。
是啊，他有著很好的天賦。
明眼的都能發現他的與眾不同。
我家的孩子也都對他非常有興趣呢。
不用那樣看我，他不歸我管。
!
武德
小女子以為同隊的都是由同個守護神管轄呢。
STRIKE!!

一般是這樣沒錯。
尤其您守護著林家和他們的子孫……
但臺灣自古諸神群聚，有些人早已有自己的守護神，
像是那孩子，就歸山神所管。
原來如此，小女子見識淺薄，真是失禮。
而且臺中可是眾神之地啊。
那麼這孩子是歸誰所管呢？
他不歸我管就對了。
若您家孩子想要挖人，去找觀音大姐談。
！

觀音大姐？她不是對這些紛爭沒有興趣嗎？
這孩子……真的很特別呢。
而且，他……是不是……

小女子明白了，實在冒犯。
唉什麼冒犯，別那麼客氣！
人啊，各有他的命，
冤仇債孽皆有主，就讓人們在輪迴中尋求自己的解脫吧。
雷陽 0 0 0
武德 2 1 2
武德
武德
Bú-Tik
武德
Bú-Tik

武德
武德
Bú-Tik
武德高中七：〇雷陽高中！
武德贏了……雷陽雖然不是名校，但並不差啊……
徹底被壓制啊……隊長，你要去哪？
好啦，該回去辦公了。
是。
太好啦！旗開得勝！
早上大家一起去拜拜果然有用！感謝關爺加持！
大家辛苦了，幹得很好。

請問可以採訪嗎？哪位是教練？
可以問你幾個問題嗎？
我們想採訪這位投手！
嘖
就決定是你了！大仔！別讓狗仔靠過來！
▲危險動作請不要模仿。
啊啊啊啊為什麼這裡會有雞！？
好痛！
我們的祕密武器怎麼能隨便被採訪！
不要啄！
好啦！大家快點把東西收一收！
來去吃慶功宴，教練請客！
好耶！
欸我找其他兄弟一起來吃喔。
反正教練出錢。
峰生。

記得我嗎，峰生？
我是你的表哥，霧生！

總是出現在門上的兩位

第23回.應援的心情

咦……
峰生！
我果然沒看錯，我一直在觀眾席看你投球。
我、我也有在看你投球……你的球好厲害……
你剛開始打球嗎？
！
怎麼別隊主將跑過來了？
他們認識嗎？
台灣大中港高農
隊長 林霧生
峰生，我們要走了。
啊喔！抱歉……
交換一下TG吧？
好！
我們回頭聊，恭喜你今天贏球！

欸阿峰，怎麼都沒聽你說過林家的事情？
我都不知道林霧生是你表哥，不過你們名字滿像的。
霧峰嘛。
你又不是不知道我爸的事情。
而且那都多久以前的事情了。
也是，你爸……
儘量吃！慶祝旗開得勝，今天教練請客！
耶！我要喝到掛……！
臭小子，又見面了！
阿峰，今天真多人找你。
！

欸你們怎麼在這裡？
臭小子，好久不見了啊！
安啦是我找他們來的！
吃熱炒就是要多點人才有氣氛嘛！
當初可真是受你照顧了！
今仔日恁爸一定愛(要)……
哎呀在這裡就是要用這個一分勝負！
我佮(跟)阿峰對恁(你們)全部，敢無(敢不敢)？
共阮(把我)當做是塑膠nī？
恁爸一定欲佇遮(在這)佮(跟)你輸贏！
教練，這樣沒問題嗎？
有什麼問題？
很懷念啊……
好對不起是我多慮了。

飲酒勿開車
未滿十八歲者，禁止飲酒
此為漫畫效果請勿模仿
哈——！
哈哈哈哈一群塑膠，弱爆了！
連我跟阿峰都喝不過！
嗚嗯嗚嗯好想吐……
嗯……
嘔嗯啊啊……
好漲……
我喝不下了……
要認輸了嗎？你說說看你們幾個人？現在剩下幾個？啊哈哈哈哈哈哈哈哈！
阿南，收斂點。
哼哼，一支隊伍裡面要有多個王牌，才能幹掉足夠多的金牌哼哼……
那個金牌不是這種金牌啦！教歹(壞)囡仔大細(大小)！

真是，我還以為有多強……！
你現在又不是在拚紅白場，收斂一點，明天還要練球。
嘖，好啦。
還記得要練球很好，我年輕的時候可是……
謝謝惠顧！
教練你年輕時過得多荒唐啊？
不過阿峰你怎麼那麼會喝啊？
體質啊，酒精對我來說就跟喝水一樣。
竟然用這招騙……嗚嗚嗚！
明天大家記得準時來練球！
是！

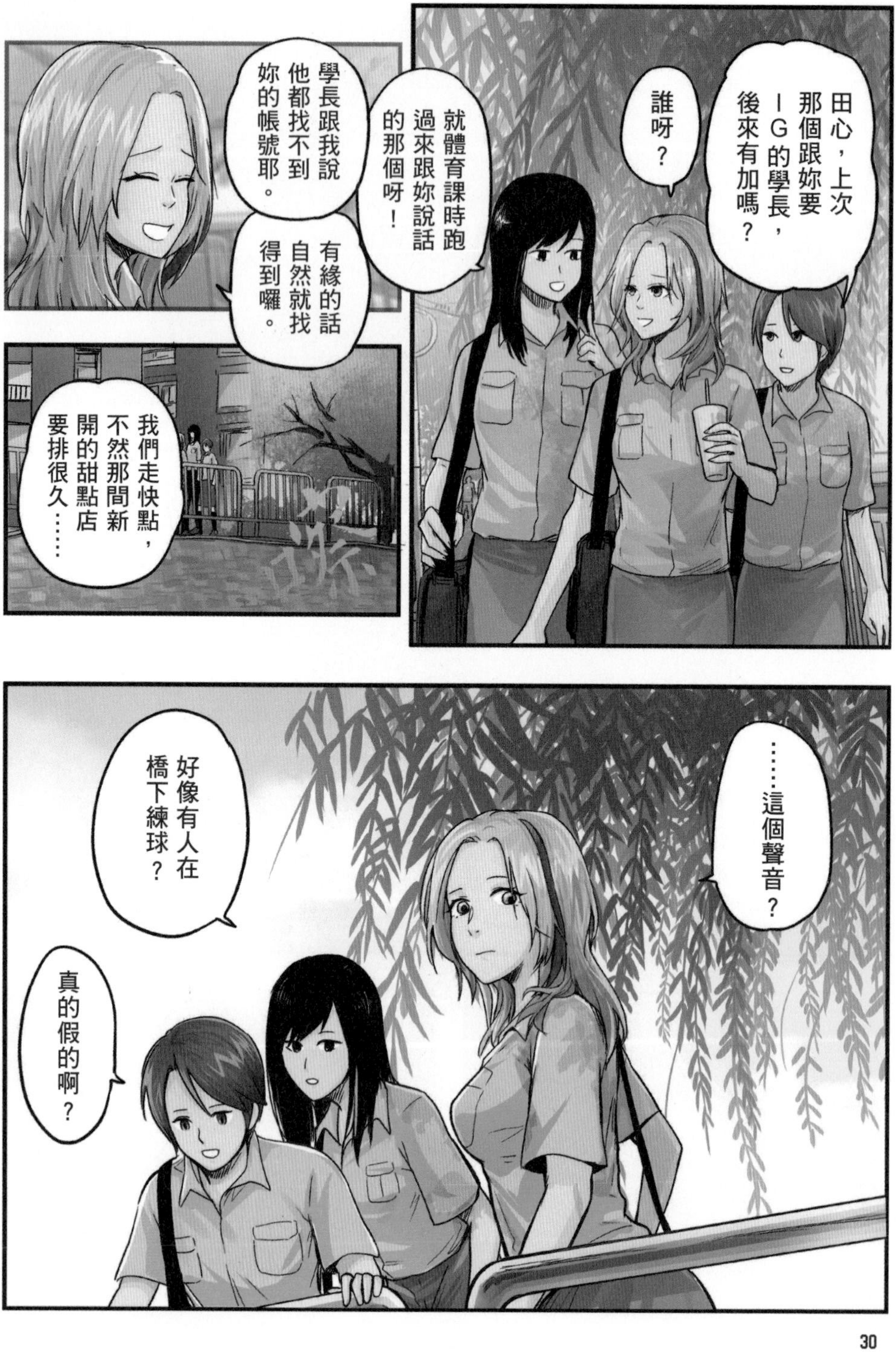
田心，上次那個跟妳要ＩＧ的學長，後來有加嗎？
誰呀？
就體育課時跑過來跟妳說話的那個呀！
學長跟我說他都找不到妳的帳號耶。
有緣的話自然就找得到囉。
我們走快點，不然那間新開的甜點店要排很久……
……這個聲音？
好像有人在橋下練球？
真的假的啊？

哇！
真的在練球耶……橋墩下，好日本的感覺喔！
那不是……
我聽說學校棒球隊最近幾年變得很爛耶……
聽說連湊成一隊的人數都不夠了。
嘻～
他們人真的很少。
咦？田心！
妳要去哪？不是要去吃甜點嗎？

張、關、一！
林峰生！你為什麼在這裡！
啥潲啦！
啊啊啊啊啊我才要問妳為什麼在這裡吧！
是校花！
為什麼校花在這裡！
不要看到女森就這麼緊張啦，她很漂亮對吧？跟我同班喔。
你到底想表達什麼啊？
現在是我在問你！
你跟他們一起練球嗎？
難怪你最近都很晚才來開攤，還要我幫你占位子！

張關一！是不是你！
嗨嗨。
嗨啥瀨，賈許喔？是不是你抓阿峰來的？
你又不是不知道阿峰家裡狀況……
妳先冷靜一下……
你家人知道你來打球嗎？
呃……不知道。
你知道棒球很危險嗎？要是像阿南之前那樣骨折怎麼辦？
還有你們兩個！
kán都跑這麼遠了！
竟然全部瞞著我！
你只想要找工具人幫你打球！
妳先冷靜下來……
怎麼了？
教練……
……你就是教練嗎？
糟糕。

我是教練，怎麼了？
我想跟你借一步說話！
可以。
欸田心妳不要鬧啦……
靠北她到底想幹嘛啊？
傻眼……
喀
到這應該夠遠了。

你知道阿峰他的狀況嗎？
大概知道。
他從小就擺攤幫家裡忙，連寫作業讀書的時間都很少，真的很辛苦。
我怕他身體負擔不了……
我跟他一起長大的，我們幾個都是……
以前阿南被他哥叫去打球，就弄到骨折，
他受傷的話家裡怎麼辦？
阿南他們家有人可以照顧他，也不用幫家裡忙，
可是阿峰他沒有！弟妹都還很小！
而且他竟然連我這個朋友都沒講！
……
妳看這個。
什麼？

球場被颱風吹壞了，
關一找峰生來幫忙搭球籠給大家用，
他們說想要贏球給學校看，我會幫他們。
峰生則是他自己想打球，他有想贏的目標。
你告訴我這些……
是想讓我內疚嗎？
大家都在努力，只有我在抱怨？
我完全被我的朋友排除在外，什麼都不知道……難道連抱怨都不行嗎？
不，我是想告訴妳他們有多努力。
！

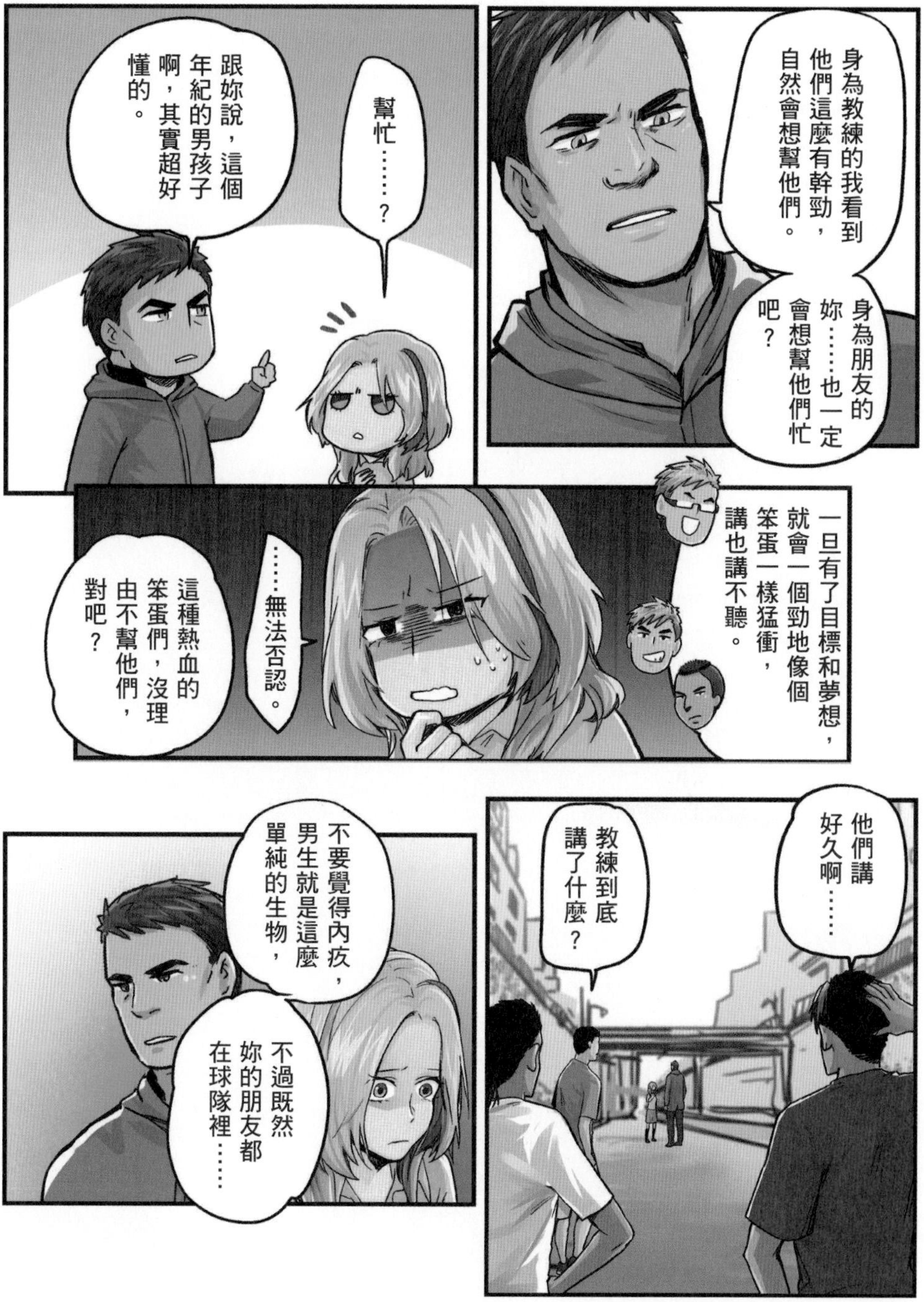

身為教練的我看到他們這麼有幹勁，自然會想幫他們。
身為朋友的妳……也一定會想幫他們忙吧？
跟妳說，這個年紀的男孩子啊，其實超好懂的。
幫忙……？
一旦有了目標和夢想，就會一個勁地像個笨蛋一樣猛衝，講也講不聽。
這種熱血的笨蛋們，沒理由不幫他們，對吧？
……無法否認。
他們講好久啊……
教練到底講了什麼？
不要覺得內疚，男生就是這麼單純的生物，
不過既然妳的朋友都在球隊裡……

那妳加入球隊吧。
什、什麼……我是女森耶！
我們球隊有女生球員，還兩個。
我又不會打球，棒球很可怕會受傷耶！而且這樣就不能留指甲！
還要晒太陽！不行我超討厭流汗，好臭！
不行啦我一定什麼忙都幫不上，還會被笑是花瓶！
……
妳加入的話關一會很高興。
……！
他是球隊隊長，很擅長打理一切、做適當的安排，
他會知道妳適合做什麼，一定會很期待妳加入。
嗚……

我、我不知道啦！最近都沒跟他們說話……
小時候明明就很有話聊……
可是之後他們就很瘋棒球，我又不懂，就不太知道要聊什麼。
連峰生也是……我們攤位就在隔壁，本來最有話講……
他整個變了，不像我認識的峰生……
嗚
他以前都會陪我聊天讓我不無聊，可是他現在連菸都不陪我抽了……
嗚
我不想要變成一個人……
嗚

教練你在幹嘛！怎麼可以欺負女孩子！
教練你臉那麼凶，把人家嚇哭了啦！
教練我要跟師母打小報告喔！
打啥潲。
吼教練你說髒話！
沒事吧？
那些笨蛋……
你們白痴耶！我才不是被凶哭的。
雖然他的臉真的很凶，但我是因為可以加入球隊太開心才哭的！
什麼？
加入什麼？
啊。答應了。
校花要……
YAAAAAAAA
煩死啦你們！
就跟妳說男生很單純了吧。

欸、妳要加入什麼隨便妳，
但是不要跟我家人說喔。
幹嘛不講？搞神祕喔！
就不想讓他們擔心吼！
好吧，我會幫你保密，但是你要請我喝飲料！
反正我家賣飲料的，妳愛喝多少就喝多少，胖死妳咧。
林峰生你嘴很賤！
幹得好。
果然待過大師聯盟就是不一樣。竟然連田心都能搞定，超強。
我們都超怕她的。
……嗯。
似乎不想澄清。

總務處
有學生說你們在橋下打球？
虧你還是從美國回來的，怎麼做這種事情啊？
球籠是封閉式不會掉進水，我跟副教都會在現場盯……
要是把球打進河裡怎麼辦？學生偷玩水出意外怎麼辦？你負責嗎？
這又不是戲水區！附近居民看到會怎麼說我們？
棒球隊跟流浪漢還是外勞一樣，躲在橋下打球？
真是太不成體統了，明明就給你們那麼大的球場！
……總之，不要再到橋下打球，學校會很感激你們的。
球場需要維修，現在學生們只剩下健身房能使用……
這些先前都解釋過了，
請共體時艱。

有種繞一大圈又回到原點的感覺呢……
那東西怎麼還在啊……都要變打卡景點了。
Kàn，還真的有人打卡！
#台中消波塊球場
真的假的啊！
欸我把拆下來的網子放這喔。
好喔，謝啦阿峰！
訊息？
也不能開吊車，草皮會被整個壓壞……
再不解決，我們就真的做文創商品算了。
消波塊吊飾有人做過了，我們得想別的品項。

我有事先走囉。
掰啦晚上見。
教練，這問題該怎麼辦？
B-DOOOOOM
有問題C4（炸藥）都能解決。
我們連球場維修費都沒了，你還想炸掉最貴的草皮？
投手丘也得重蓋。
打擊
不過，C4嗎……
阿南、肆天！
？
我有個大膽的想法……

這款代誌(這種事情)交予(交給)咱準(絕對)無錯啦！
哪會有啥物(什麼)問題！咱攏(都)會想辦法解決！
南山跟肆天的工班師傅專長泥水、打除。
啥，你講的就是這個吼？
歹勢啦你擋到人家練球了，阮必須要來處理掉你。
夭壽喔你們臺中的消波塊果然有包東西！

我們臺南粽還是比較單純啦！都包真的花生而已！
單純啥潲，要是裡面真的有包東西我也超怕的好嗎。
銀紙準備好了。
阿南、阿天！把延長線牽過來！
牽好了！
好，那麼就開始吧！

師傅好厲害！果然要交給專業的！
好強！
馬上就肢解消波塊了！
哼，我在你們這年紀早就不知道拆幾棟厝去了！
好帥！
裡面真的沒東西！
是要有什麼東西啦！
這邊搞定，外野那邊還有一個！
其他人幫忙撿碎片！小心點不要割傷！
好！
哇，真的好有效率……
早知道一開始就請師傅們來幫忙了！

太好了，投手丘終於回來啦！
這樣至少可以讓峰生練球了呢。
好期待跟他一起練球啊！
真的！
就是這裡了吧……

峰生，來我學校一趟
我想跟你聊聊。
……表哥的學校。

不安
消坡塊屍袋

第24回.霧峰雙子

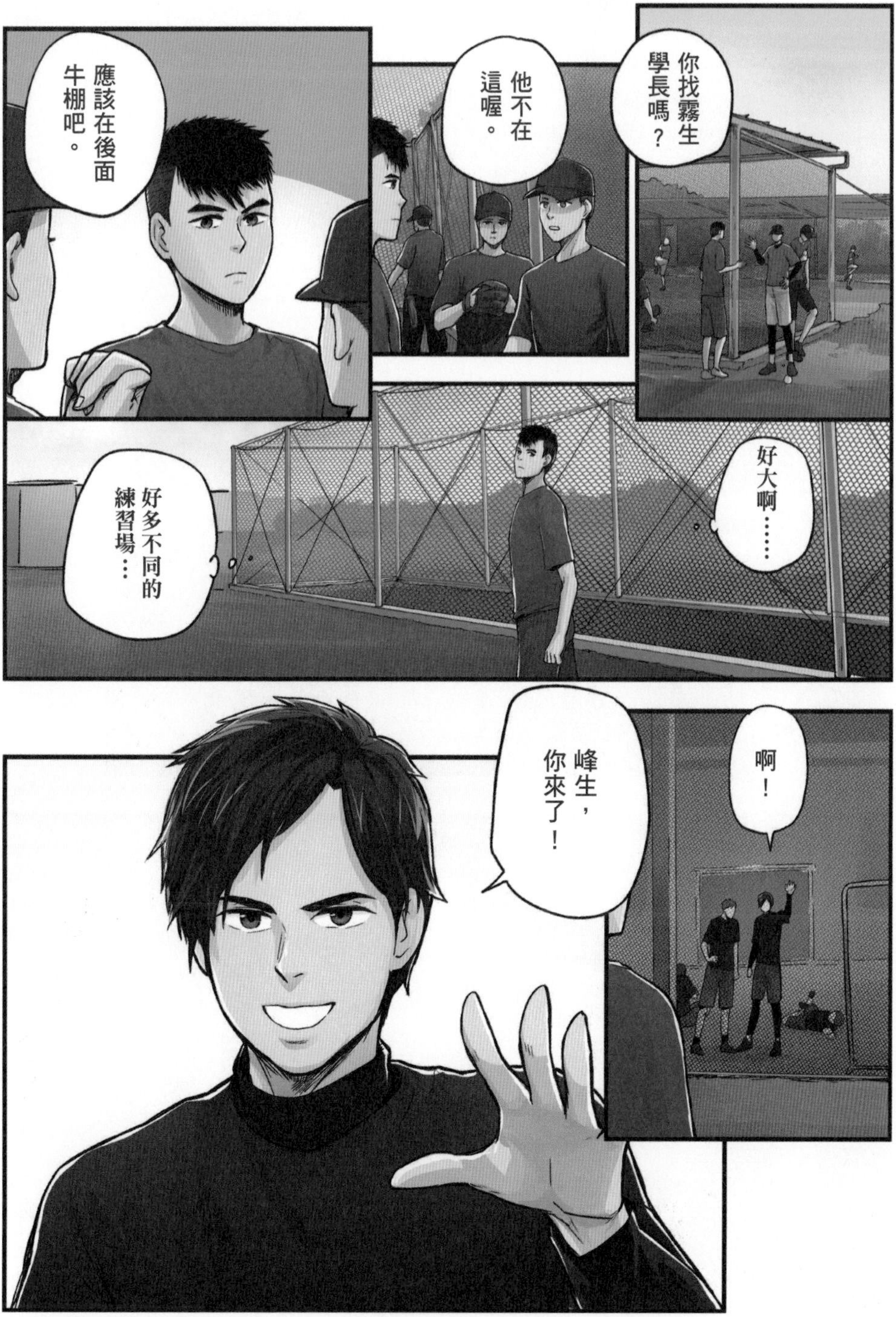
你找霧生學長嗎？
他不在這喔。
應該在後面牛棚吧。
好大啊……
好多不同的練習場…
啊！
峰生，你來了！

你好。
這是我表弟峰生！
走吧練習結束了，我帶你回家！
咦？
你先稍坐一下，我去換個衣服。
嗯。
這裡好大啊……他就住在這裡嗎？
不好意思，剛練完球不太乾淨，稍微打理了一下。
！

上次見面是很久很久以前的事呢，我們應該只有國小吧？
……
你是誰？

誰帶你進來的？
媽媽……
！
……離婚手續已經在辦了。
小孩未來都會跟我姓……

……
拍
！
你比我小對不對？
那你以後要叫我表哥喔！
你叫什麼名字？
……峰生。
我叫霧生。
我們兩個的名字，合起來就是這個地方的名字呢！
……！
來吧，我帶你去吃點心！

你還記得我真是太好了，
你什麼時候開始打球的？我們都在臺中，卻從來沒看過你！
呃……這個月？
真的假的！？
但你投球的樣子相當老練……你之前都怎麼練的？
呃，在夜市……
我從小就在夜市幫忙擺攤……一種用棒球丟九宮格的遊戲攤位，所以……
糟糕他沒去過夜市？
攤位？
九宮格？
就、就是……如果有厲害的人在丟球，會比較容易吸引到客人，所以……
……你的意思是，你就是這樣子在練投球的？
……對。

……
你會是個很出色的武將，峰生。
！
英雄不怕出生低，尤其你是我們林家的一分子。
把頭抬起來，峰生！
你不該習慣駝背，挺胸！
啊啊…
這樣好多了，峰生，

我們是投手，你知道要怎樣稱霸投手丘嗎？
讓對方怕你，感到威脅！想壓制對方就要自信地站上投手丘！
莫名地覺得安下心……
……嗯！

雖然他只大我兩歲，
但看起來卻自信又
耀眼，而且很溫
峰生，
來我們學校吧。
咦？

我可以罩你，
就算你是空降也沒人會欺負你。
你應該聽過我們學校球隊的實力如何。
遇上他們的話就等於直接打包回家了呢。
我聽說你們的球場壞了，
你們得在橋下練球。
現在連橋下球籠也被拆了。
而且招生人數不足，戰績起不來的話，今年可能是最後一屆。
阿峰拜託來幫我們！

投手的養成不能只靠天賦，
需要優渥的環境與養分，還有強大的隊友。
雖然你是初學，但你才高一而已，時間還很夠！
好好栽培的話，絕對能成為了不起的大投手。
我聽好了！這是戰場不是家 是我們賭上整個 地方！
我們要的是就算落後也不放棄，願意戰到最後一球，比賽結束才落淚的戰士！

……
謝謝……
但我不想轉學。
！
為什麼？這裡是臺中人打球最好的選擇，不然就得到外縣市的名校了。
這是你每天的菜單，我會先讓你參加地方聯盟大賽，直到你決定正式加入為止，還有可以的話請戒菸。
這裡太遠了……我不想離家太遠。

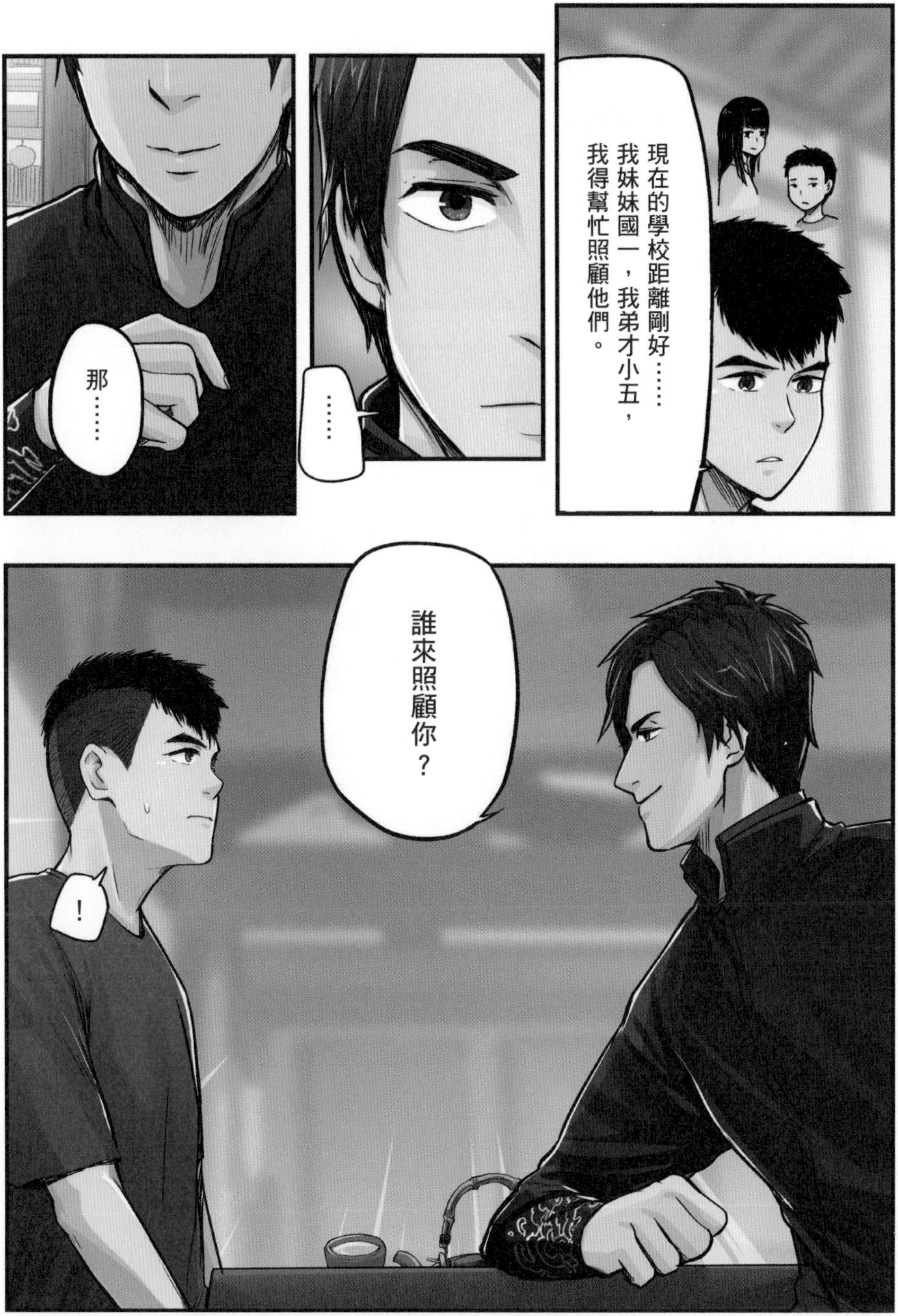
現在的學校距離剛好……
我妹妹國一，我弟才小五，
我得幫忙照顧他們。
……
那……
誰來照顧你？
！

你才高一而已。
你佮恁阿母全款，
跟你
一樣
攏愛行較艱苦的彼條路。
都要走
那
你想選需要你幫助的地方，
但是你自己就不需要幫助嗎？

……
但沒關係，這些
我都可以幫你。
我不會勉強
你的，峰生。
!

這些基本的裝備送你吧，希望能幫到你。
……你不生氣？
為什麼要生氣？
……因為我沒有想要轉學？
笑
我們是一家人，為什麼要因為這種事對你生氣？
……！

哥，你不對我生氣嗎？
當初是我不聽你的跟他跑了，現在還回來找你借錢……
無要緊，有轉來（回來）就好。
囡仔出世了後愛抱轉來予阮（要抱回來給我們）看喔。

∆ 抽菸為漫畫效果，請勿模仿。

台灣大中港隊服、隊徽設計

全黑釘鞋

第25回．歸屬感

咦？新的裝備袋？
新手套不能馬上用。
！
你看，皮革很硬，接球的時候不好闔起來，
先用舊的吧，我再教你怎麼養手套。
……謝謝。

好啦。
欸，阮先來走喔！
師傅！
真的謝謝你們幫忙！
免客氣啦，小可仔代誌（小事）爾爾（而已）！
你們那個投手不錯！我看他投球很有力，以後出國比賽時要通知我來看嘿！
還有你們的球場吼，鐵皮屋好處理，網子重牽一下就好，快點找人弄一弄，不然這樣危險啦。
好啦，謝謝師傅。
我們在跟學校溝通了……
武德
Bú-Tik

哼哼……終於可以在打擊區自由練習了★
我要把你們都打爆哈哈哈哈哈哈★
Bú-Tik
儘量往中外野打喔，別讓他們太好接。
那傢伙是不是拿起球棒就會變另一個人啊？

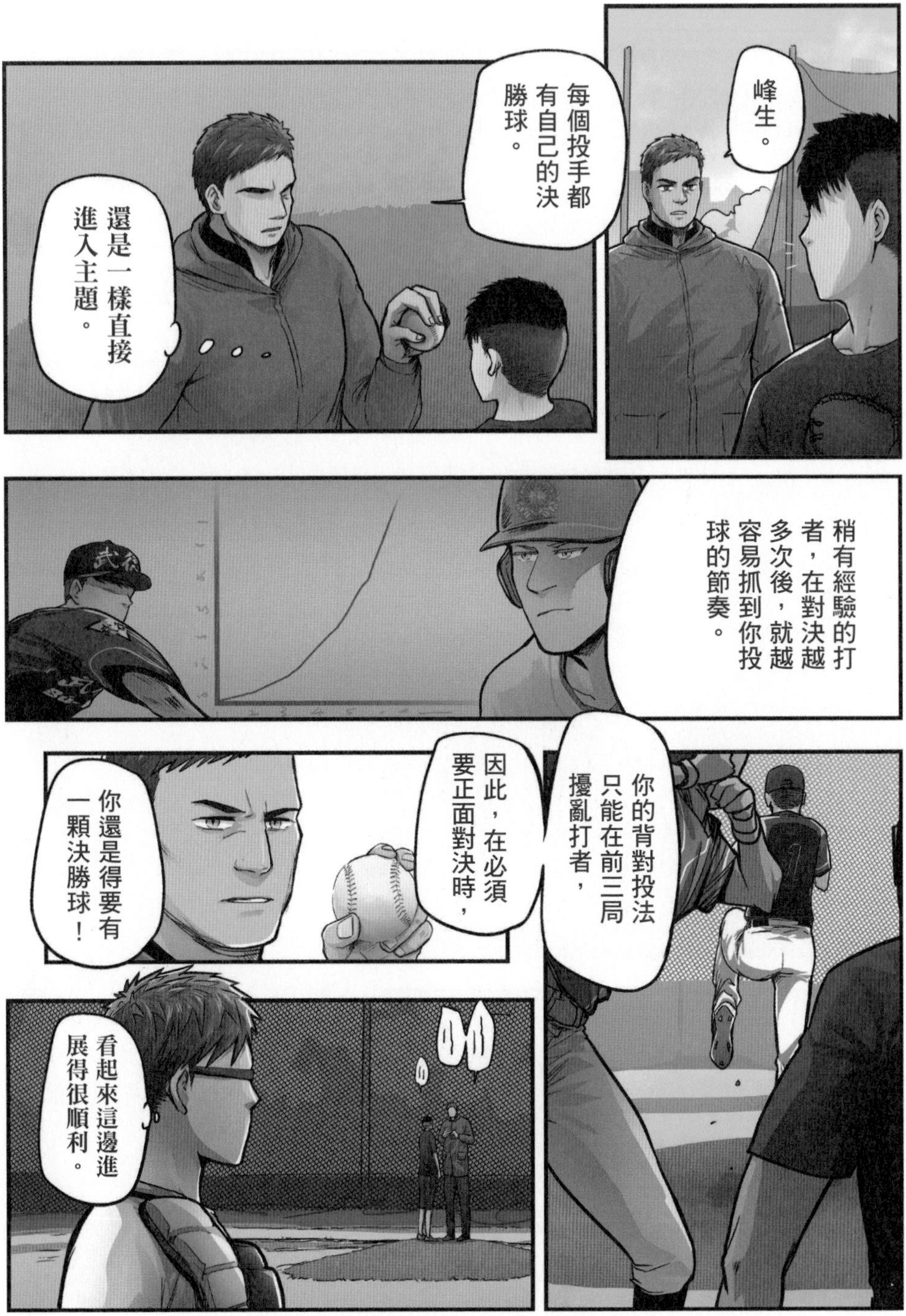

峰生。
每個投手都有自己的決勝球。
還是一樣直接進入主題。
稍有經驗的打者，在對決多次後，就越容易抓到你投球的節奏。
你的背對投法只能在前三局擾亂打者，
因此，在必須要正面對決時，
你還是得要有一顆決勝球！
看起來這邊進展得很順利。

嘩—
嘩—
嘩—
武德高中 第二輪比賽
武德
武德

欸你看，大中港他們整隊都留下來看比賽了耶！
真的耶，好難得。
應該是要情蒐那個投手吧。
三振型，具有不錯的壓制力，
球速最快一百三。
真不錯，難怪霧生你要我們留下來呢。
當然，他可是我表弟。

噫……！
糟糕！
高飛必死球在搞什麼，又還沒到警戒區。
好隊友很重要的啊，峰生。
唔！

糟糕……
清光高中得分！
沒事吧？
……
用球數到了，輝雪你上去關門吧。
好。
清光 2
武德 4
武德
Bú-Tik

比賽結束，武德高中獲勝！
輝雪的控球不太行啊。
我想調整他的姿勢看看。
嗯？怎麼了？
我剛剛的……失誤……很抱歉。
我有看到，也有記錄。
對不起……請不要打我，我會加重訓練的……
？
……以前他們會因為你失誤就打你嗎？
……

聽著，馬博拉斯，
我以前的教練很兇，很會打人，
大家都被他打過，他還特別愛打我；
但又不是打越兇球隊就會贏球。
……！
會失誤就是有觀念要修正，我再請關一給你影片，
你看了就知道自己哪裡有問題。
再找出解決的方法，這樣才有用。
……好！

欸阿峰！
你真的很厲害吶！
咻咻咻地一下子就把對手三振掉了！
欸，你食量是不是變大了啊？
又不像妳只坐在休息區，我丟了快一百球耶。
對啦，你真的丟很多球，
……欸，之前說你可能會去打職棒，本來只是開玩笑……

但看你丟球後，開始覺得你真的會去呢。
想太多，我現在學校跟擺攤兩邊跑，就快死了。
欸不是這樣說啊，要是你去打職棒，那這邊以後你就不用擺……
！
嗨，我來借個火，田心，借一下吧？
誰要借你。
謝啦阿峰。
啊妳幹嘛不借他？

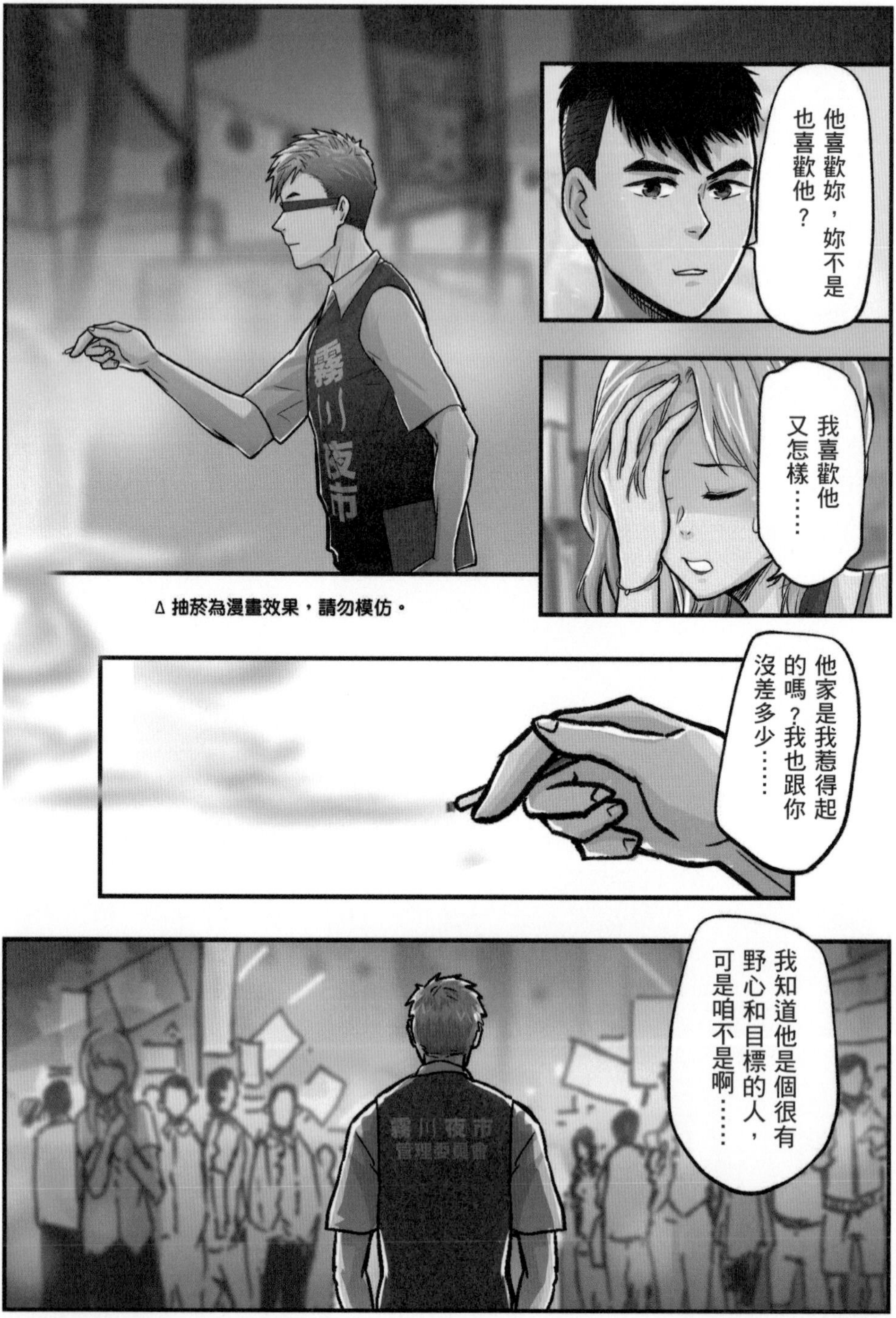
他喜歡妳，妳不是也喜歡他？
霧川夜市
我喜歡他又怎樣……
他家是我惹得起的嗎？我也跟你沒差多少……
我知道他是個很有野心和目標的人，可是咱不是啊……
霧川夜市
管理委員會

△抽菸為漫畫效果，請勿模仿。

個兜遐爾仔有錢，閣有勢……
哪有可能接受我這款佇夜市仔喝賣的查某人……
……
煩死了！擔心我幹嘛？
?!
你才要擔心交不到女朋友吧！
你都高中了還沒有女朋友是要當處男一輩子喔？
妳講話這麼直難怪沒人要！
我想說至少先等我媽輕鬆點再說啦……
喔對喔你爸那堆債。

峰生，你爸他啊……
好不容易從中國逃回來，他現在只剩下我們能投靠了。
他不是欠很多錢嗎？我們要幫他還嗎？
我們不幫爸爸的話，債主還是會來我們家。
與其放他在外面繼續跑路、害人和亂借錢，
不如我們跟他一起做生意，腳踏實地還債也是種功德。
至少我們可以像一家人一樣快快樂樂地過日子。

什麼快快樂樂啊，你整個青春都給你老爸拖累了還快樂咧。
不然怎麼辦？
好啦……真的你很衰耶。
但你也要為自己打算啊！你看職棒薪水也不錯，還有我幫你加油！
就跟妳說妳那麼胖人家才不會要。
Kán！不跟你好了啦！

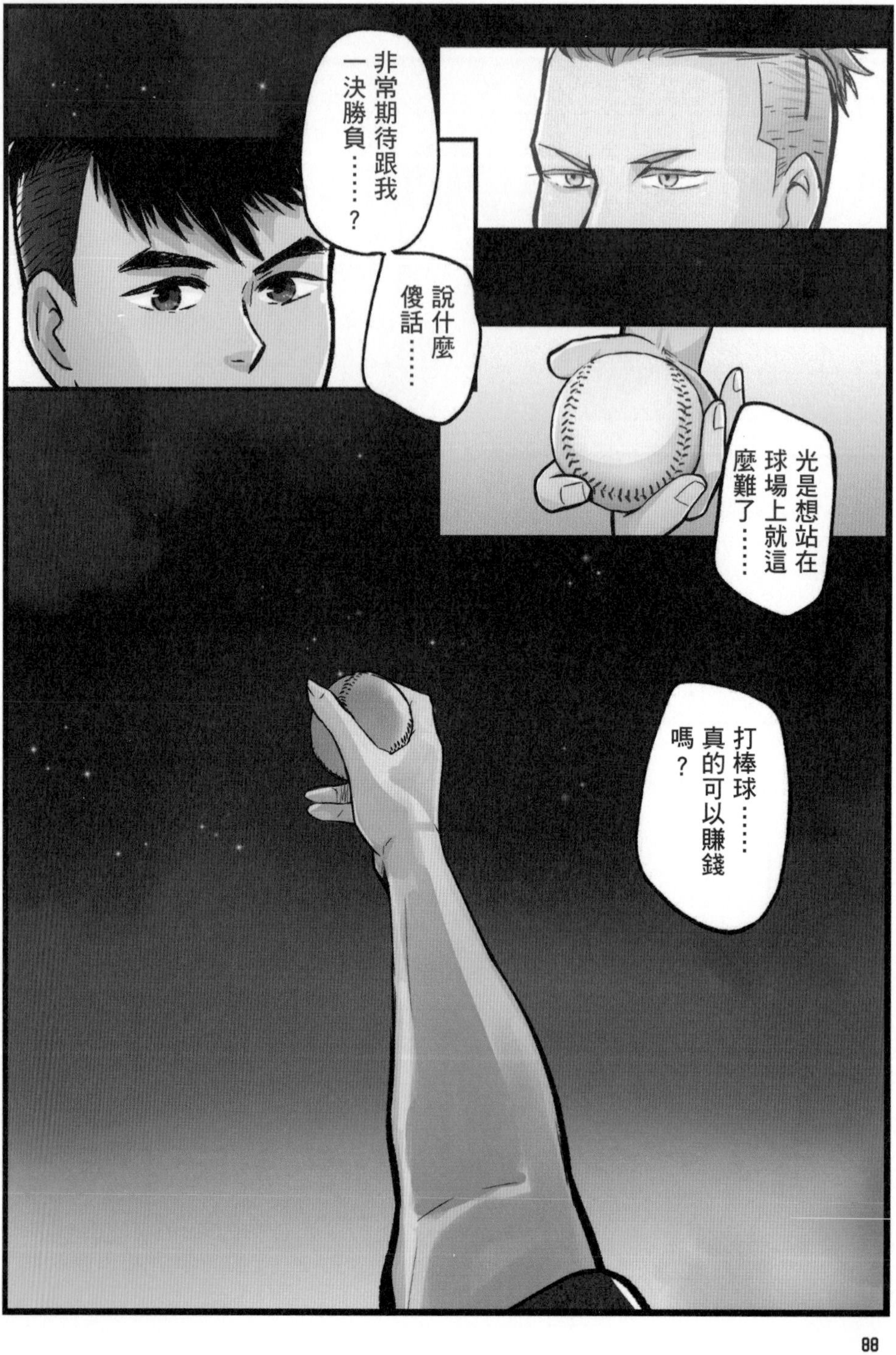
非常期待跟我一決勝負……？
說什麼傻話……
光是想站在球場上就這麼難了……
打棒球……真的可以賺錢嗎？

喂，你到底什麼時候才要派工作給我？
里長
張文男
我都加入你們球隊了，怎麼只讓我坐在旁邊看啊？
!
抱歉，我現在工作太多，還沒辦法幫妳排……
你看，這是之前師傅肢解消波塊的影片，我錄的！

加上我們之前在橋下練球，我做成影片Po上網，徵求募款來幫大家修休息區……
蛤！？
這個時代眾募很方便，你看影片很多人分享吧，我還附上了教練的帳戶喔。
大眾募資
等等為什麼你有教練的帳戶？
不過大家都是贊助水跟裝備居多……果然包工程還是得靠學校出錢啊！
等等、張關一－！
咕！
啪
你跟我們一樣都還只是學生吧！
什麼經費？什麼工程？你怎麼會做這些？這些不應該是大人要煩惱的問題嗎？
霧川夜市

……我只是不想讓球隊結束在這，
至少，我當隊長的時候，我絕對不會讓它結束。
你哪會遮戇（這麼笨）啊……
無辦法，
因為這是咱的國球啊。

武德
武德高中 vs 古門高中
鬪
我們每次都排在大中港後面打呢。
這樣對消化真不好啊……
武德
他好像很習慣面對記者……
阿峰，
你跟你表哥感情不錯。
嗯。
武德

林霧生，SR級球員，雙刀流，
主要武器球種為速球與變化球，打擊熱區為內角。
你知道你的滑球特性吧？
嗯……往外跑出去嗎？
錯，是往外加下墜！至少要把自己的球種特性記起來吧！
蛤……這些還要記喔？
啊不就往外～
不用，這個時代就交給智慧手機吧！
其實我給你的球叫做智慧棒球，球裡的機關會記錄你的投球軌跡！
連轉速都有真是太神啦！
也就是說你從一開始就想把我拉下水了？
武德

什麼拉下水！我可是在幫你更了解自己……
什麼？你們在討論手遊嗎？
欸來跟我玩地獄S啦！
不要，有時間我寧願睡覺。
而且那間營運超黑。
最賺錢還不養球隊。
唷？我勸你們不要小看這款手遊喔！
就跟棒球一樣，每個位置都有相對應的職業跟招式與剋屬！職業特性非常清楚！
RPG遊戲就是這麼迷人！
抽卡遊戲噴彩光才舒爽啦！懂？
你們慢慢吵。
武德
Bú-

武德
Bú-Tik
霧生……
STRIKE!
讓人感到羨慕……
他站在這裡時，是怎麼決定配球、解決對手的……？

……笑屁啊
那傢伙！
一壞球！

明明就壞球，
還一副跩樣！
呵
喜歡九號？那就多
給他一點餌吧！
就跟棒球一樣，
每個位置都有相對應
的職業跟招式與剋屬！
職業特性非常清楚！

武德 1
古門 0
4
三振！
嘖！

可惡這傢伙……故意都丟同個位置！
哈哈！阿峰果然把我的建議聽進去了！
你這傢伙猴賽雷啊！這就是我說的屬性，職業相剋！
只要把球種技能化……再觀察對方的熱區，
加上關一的提示，你就能輕易地剋倒對手啦！
捕手提示：
這個不用怕直接速球解決，還有別聽政翟亂講。

去吧！上上下下左右左右AB！
那傢伙在三壘嚷嚷著什麼……
他開始有自我意識地投球了。
成長速度很快呢！
阿峰，我說得很對吧！還不來玩地獄S！
加入我們工會，現在只有我跟我女朋友。
不要。

馬博拉斯・烏拉孟
(Mabolasih Ulamong)

身高 176cm

體重 70kg

武德高中一年級生。

你們在玩什麼？
戰棋不錯啊！
不要再開
戰場啦！
武德
Bú-Tik
Bú-Tik
Bú-Tik

第26回.靠山

現在申請經費也要等到下學年才會編列預算，來不及啦。
這個就交給我煩惱吧，
你們兩位專心開發菜單訓練球隊成員，這我來想辦法就好。
但你是學生……
這些事情應該是老師要學著做的……
不用在意啦，你們都是新老師，也不是本科系，
我從小看我爸處理這些，看習慣了，交給我吧！總之先走了。
得救了……

雖然說要想辦法，
不過畢竟是跟「錢」有關的事情……
可不是膝蓋就能解決的……
你問我怎麼解決這個狀況喔？

叔叔知道你想好好打球，但學校不給你們錢修球場，
就算你們在地方比賽打出成績了，對吧？
這什麼學校，都不做學生的後盾！
學校嘛(也)有學校的困難，這擺(次)的風颱有影(實在)真強。
臺中很多地方都受創嚴重啊。
是講，這款代誌(這種事情)你應該知影(知道)愛按怎(要怎樣)處理才著(對)啊，敢毋是(不是嗎)？
年底就欲(要)選舉矣，大家攏(都)會提(拿)錢來揜(灑)，
恁老爸是啥人(你爸是誰)逐家(大家)攏知影(都知道)，你敢會毋(你會不)知影(知道)這款道理(這規則)？
……

若毋願(不肯)予(給)俖錢，至少嘛愛(也要)紹介人共(給)俖鬥相共(幫忙)啊。
抑是講(還是說)……
你無想欲(不想要)用著俖老爸的資源？
唉，孩子會去找別人幫忙，一定有難處啦。
叔叔跟你說，平常這個時間我都是在工地監工的，但是吼……
昨天我夢到觀音媽叫我來宮裡走走，
我想說祂應該是有事情要吩咐我啦。

修球場是吧？叔叔來幫你們，我們也有在幫其他團體修房子。
真的？
謝謝師傅幫忙！
野球是咱的國球，觀音媽閣(又)有交代的，
就當做咧(在)做善事啦。
毋是干焦(只有)選總統才會予(給)神明託夢，咱是咧共有需要的人鬥相共(幫忙)啊！
恁就愛認真拍球，無定(說不定)以後會當(可以)出國比賽、為國爭光，神明自然嘛(也)有面子！
是！一定會！感謝師傅、多謝師傅！

諸義盃　決賽
嗚！
啊！
那傢伙在幹嘛……
由於右外野手失誤，清鹿高中追平分數！
清鹿 3
武德 3

不太妙，分數被追平，二壘有人。
而且志嘉的失誤好像影響到峰生了。
這也是投手的課題。
別讓他人看穿你的心情。
之前你跟湯德灰對峙時就做得很好，雖然你那時是什麼都不懂的新手。
但只要裝模作樣地唬到對方，搭配藏起來的決勝球，就能順利幹掉他們。
那樣不爽的人會變成對方，然後我們超爽。

藏起來的決勝球？
通常是投手最有自信的球種啦……不過你現在剛學，每種球的熟練度都差不多。
這顆球是臺灣之光喔，你可以藏到最後一刻。
臺灣之光？

OUT!
哈哈，早就在等你了！
連續內野滾地球出局！
三人出局、攻守交換！
教練我拄才彼个守備有媠無？
剛才 那個 帥
有喔。
有抓到出局都很帥！
嘿嘿！

陽春砲！
武德高中超前！
幹得好啊肆天！
教練你要多誇他喔！
主砲方肆天，
只要一擊中球
幾乎都是長打
或全壘打。
他們得分效率
很不錯，
不過守備卻
有很多破洞呢。
峰生竟然還藏了
一顆伸卡球當
決勝球，厲害。

內野布陣的執行也很徹底。
盡量把球打高，就不難對付。
他們的守備實在太糟糕了。
哇啊！
呵呵，不愧是上書，情蒐做得真徹底。
三人出局、武德高中四比三贏得比賽。
下次見面，就是敵人囉，峰生。
武德

你們要面對的是臺中最強的大中港！
不想被血洗到Call Game就給我練到吐！
大家再練內野守備一百球！
玉山果然很適合當投手呢！雖然球速很慢！
到底是誇獎還是什麼啊……
妳們很聰明，教一下就馬上會了。
哇快被操死，我要水……
啊啊啊啊
喔kàn！妳發什麼神經！
我很無聊啊！

啊誰叫妳又不練習！
我怕球啊！而且我不想晒太陽！
變黑很可怕耶～
妳無路用啦！閃去旁邊做花瓶啦！
kàn不要再踢我了！
田心，不然這樣⋯
我找人陪妳練舞怎樣？
啊？
蛤！！？
？？？！

好可愛！沒化妝也好可愛！
白天看也好可愛！
喂，別一臉花痴，還不做自我介紹。
我叫徐紹強！可以叫我強強！
我是魚蛋！
我是阿平！
我是普空。
我阿藍啦！
拜託你們教我跳舞！我想要幫球隊一點忙！
要我們教這個正妹跳舞？
沒問題！交給我們吧！
等等啊……老大你這麼快答應？
有什麼關係，反正我們整天遊手好閒！
不要說出來啦！
笨蛋。

……
在搞什麼東西？
嘖，看了就礙眼！
妳終於看不下去啦？
跟那群笨蛋浪費時間幹嘛？
！
妹妹，讓姐姐來示範給妳看！

我根本就不會跳……太感謝妳願意教我怎麼跳了！我會認真學的！
好厲害啊！
好……
什、什麼，我才沒有要幫妳！
我只是看不下去而已！
才沒要幫忙，快放開我！
唉呀害羞了耶貝比～
害羞個屁！小如妳給老娘滾過來一起跳！
好久沒看到年輕人跳舞了捏。
對啊，有模有樣的。

啊你們那樣不標準啦，腳都沒有打直！
！
看你們跳這麼落漆，來伯伯示範給你們看！
老伯也太強了吧！
Kàn被比下去啦！
我教你們跳啦，以前宮裡的班都是我帶的，來！跟上！

米非颱風靠近中，外圍環流帶來豐沛水氣……
也為中部地區帶來了豐富的雨量……
投手的小肌肉非常重要……
你該多長點肌肉，也能保護自己的身體。
好無聊，雨下成這樣也不用擺攤。
比賽也暫停了，真討厭下雨啊……

對喔……今天就不能做生意了。
待在這又很尷尬……
怎麼啦？
沒有，只是覺得很難跟大家相處，
會擔心比賽的默契……
會嗎？大家都對我很好，還請我喝飲料耶！
那是因為妳是女生，而且還是校花！
……我開釣蝦場的朋友問我要不要去找他，
我順便給他捧場，有人想去釣蝦嗎？
我要去！

哈哈哈！又一隻啦！
欸高能你很誇張……
阿峰你還掛蛋喔？魚餌會不會用啊？
會啊，可是怎麼都不吃我的啊……
哈哈哈，可能知道我是海邊來的，特別喜歡我啦！

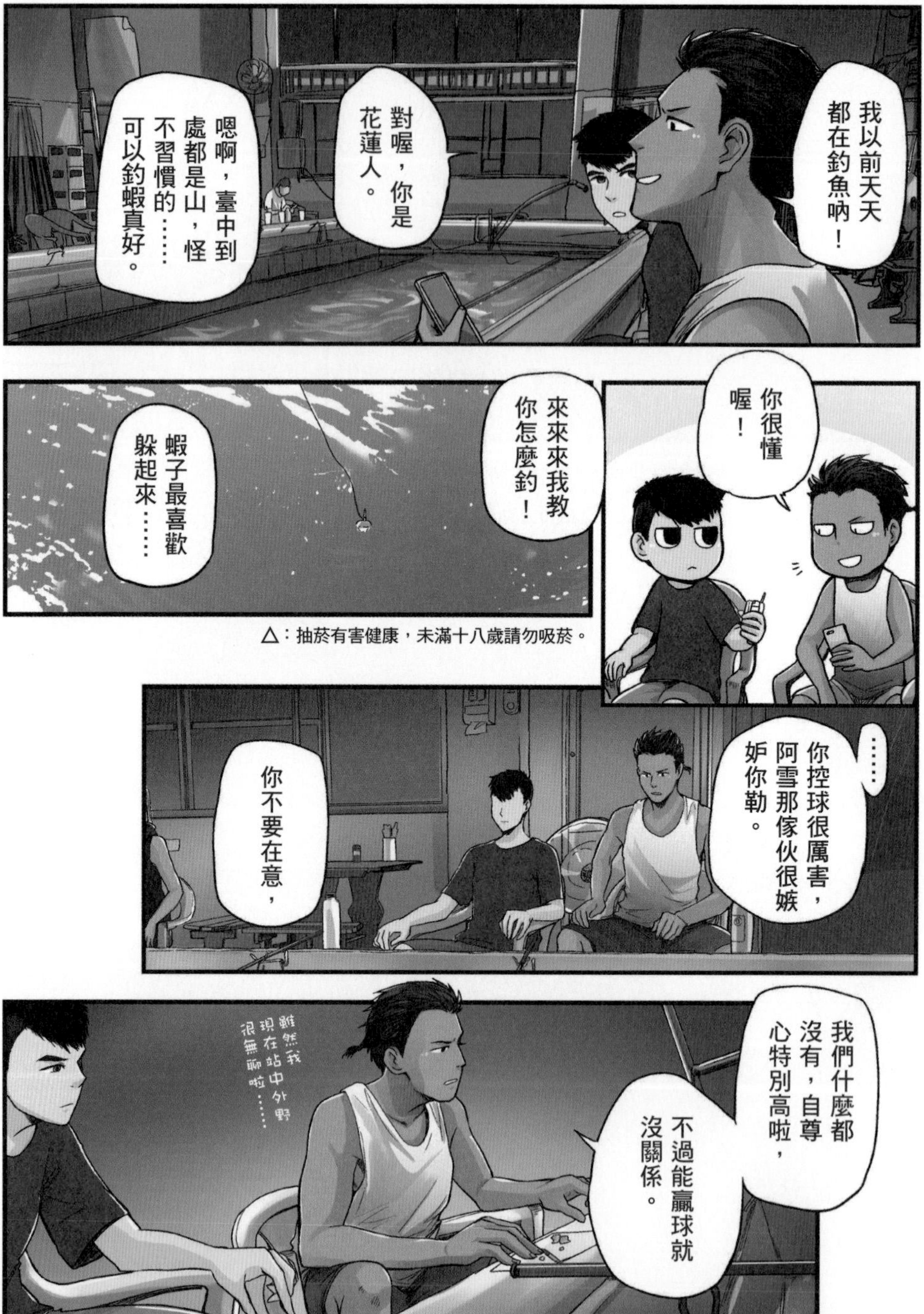
我以前天天都在釣魚吶！
對喔，你是花蓮人。
嗯啊，臺中到處都是山，怪不習慣的……可以釣蝦真好。
你很懂喔！
來來來我教你怎麼釣！
蝦子最喜歡躲起來……
……你控球很厲害，阿雪那傢伙很嫉妒你勒。
你不要在意，
我們什麼都沒有，自尊心特別高啦，
不過能贏球就沒關係。
雖然我現在站中外野很無聊啦……

△：抽菸有害健康，未滿十八歲請勿吸菸。

對喔……你幾乎沒失誤過。
印象中都是左右外野在輪流衝康我。
啪
哈哈那是因為你太會三振了！
你也給我幾球表現一下！
什麼球我都能接住！中外野不用擔心！
啪
不過你還是別讓球飛起來比較好啦！
哈哈哈
啪
這傢伙的話匣子全打開了。
你有沒有去過花蓮？我的家鄉很漂亮！
藤壺、海草跟大魚，我很喜歡海，
我可以整天耗在海裡，你真應該看看花蓮有多漂亮，
不過現在那裡都是外國人在衝浪……

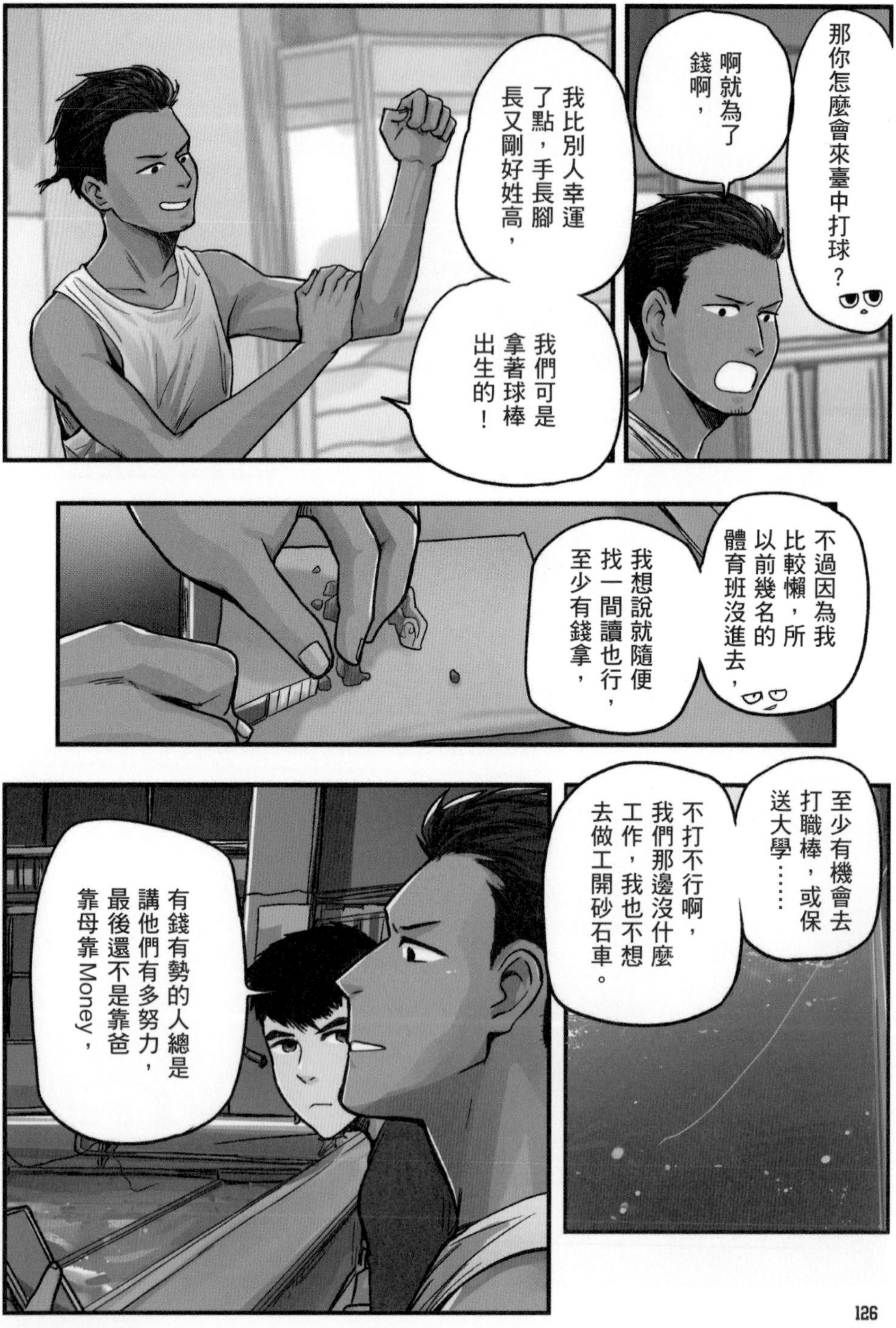
那你怎麼會來臺中打球？
啊就為了錢啊，
我比別人幸運了點，手長腳長又剛好姓高，
我們可是拿著球棒出生的！
不過因為我比較懶，所以前幾名的體育班沒進去，
我想說就隨便找一間讀也行，至少有錢拿，
至少有機會去打職棒，或保送大學……
不打不行啊，我們那邊沒什麼工作，我也不想去做工開砂石車。
有錢有勢的人總是講他們有多努力，最後還不是靠爸靠母靠Money，

咱只能靠運氣，未來自己打……
又吃啦！
咻
老闆你今天是過年喔！蝦子也放太多啦哈！
你運氣真的很好呢。
哪有，賽到的啦～
看起來峰生多了個朋友呢。
隔天
為什麼這次出現魚了……

連殼吃

武德
Bú-Tik
第27回.一肩扛起

今年的諸義盃總決賽，是由武德高中挑戰台灣大中港高農！
究竟這匹大黑馬有沒有機會挑戰成功呢？
比賽由挑戰者武德高中先攻！

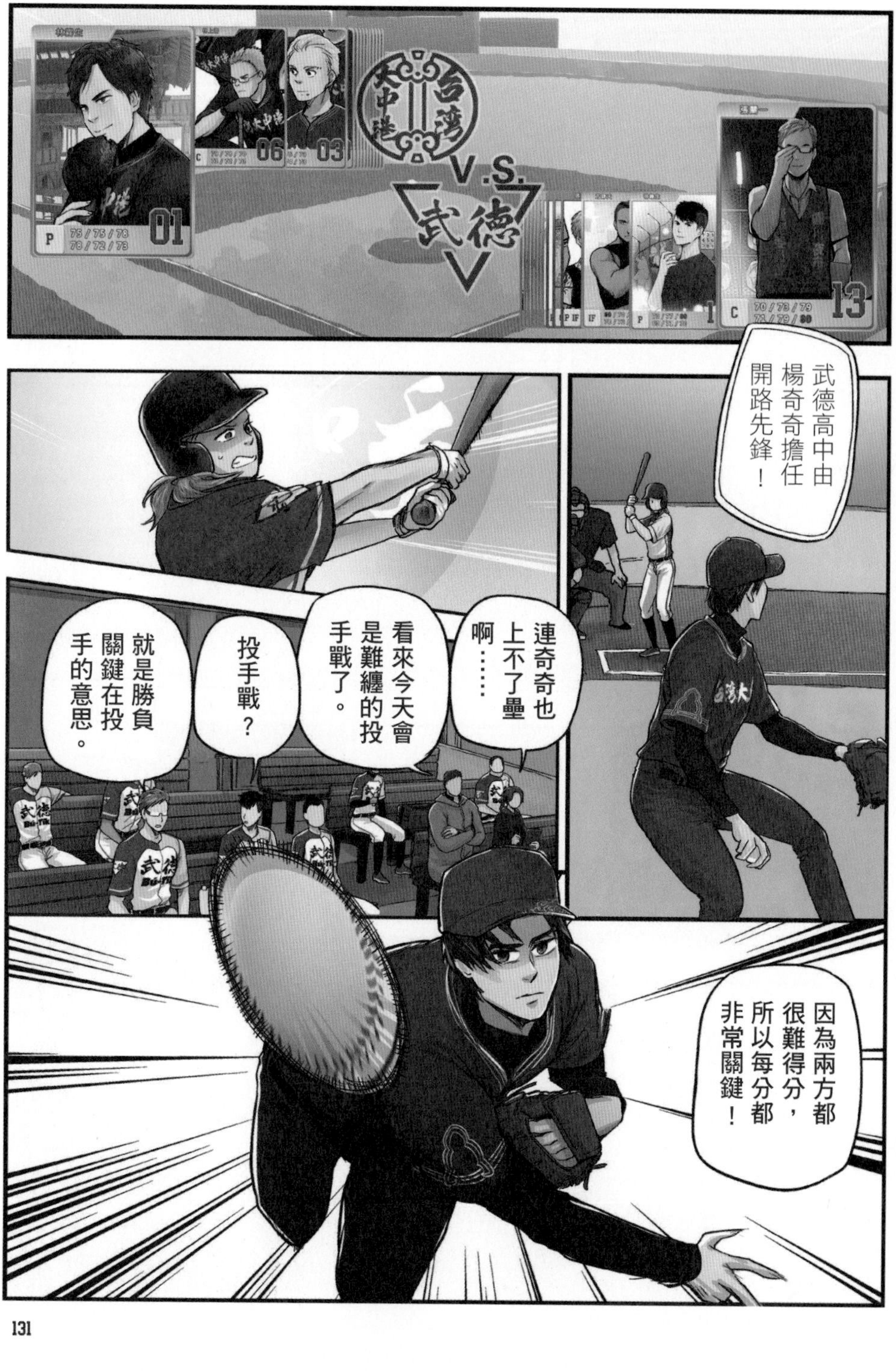
台湾
大中港
V.S.
武德
武德高中由楊奇奇擔任開路先鋒！
連奇奇也上不了壘啊……
看來今天會是難纏的投手戰了。
投手戰？
就是勝負關鍵在投手的意思。
因為兩方都很難得分，所以每分都非常關鍵！

每分都很關鍵……
三人出局、攻守交換！
三振！
峰生不愧是我的表弟呢！
認真點，現在可是總決賽啊！
你該不會想說好希望他也會打擊，就可以對決了吧？
哈哈哈！不愧是上書，這麼機靈！
看到自家人這麼傑出……
就會有種很開心的感覺呢。
高飛球接殺出局！

接殺！
攻守交換！
武德那個投手真是不簡單啊。
是啊，而且他跟大中港的主將名字很像，
似乎能挖出什麼故事呢。
嗚
STRIKE！
他的球速比我快，因此更顯銳利，
下沉也很多……

來了！雙主將對決！
中港
1

界外球！
總之先拿到好球數再說！
糟……

啪
嘶
真是不錯，可惜還是被我逮到了哪。

沒那麼難抓嘛你！
峰生。
台灣大中港以短打推進！
連續安打串連！
跑回本壘得分！
台灣大中港先馳得點！

台灣大中港接連安打串連陸續得分！
糟糕……峰生是第一次被連續得分……
暫停。
台湾大中港 2
武德 0
怎麼了，太緊張嗎？
……還好，
他們果然很強，而且是整隊都很強。
……
那就好好享受比賽，如果不打算贏的話。
對方顯然看穿了我的配球模式，他們的情蒐做得滿徹底的。

放手跟他們拚！別怕！
誰不打算贏！阿峰，下一局我幫你打一支全壘打回來！
接殺出局！
你終於要認真了呢，峰生。

看我的！
啪
落地形成安打！
武德高中開始反攻！
台湾大中港 2
武德 1
……我要練打擊嗎？
聽著，雖然你表哥又帥又強，但我們科班都是從小就開始這樣操，
比起你的棒棒，我們更需要你的手臂，你當好投手就行了！
關一說得沒錯，你應該先學會投手所有的規則。
明明投球姿勢能牽制二三壘，卻沒抓到半個出局數過。
重傷

別想太多，棒球是團隊作戰的運動，相信隊友，嗯？
相信隊友嗎……
我決定三振他們，你們想辦法得分就好。
眼神死
心也死
喔？要靠主角神力一肩扛起重責大任了嗎？
你剛剛沒接到車布邊[1]的球，害我被二壘安打還敢說！
我都撲了耶！怪我喔！我有撲！
應該是你要給我金手套啦！

※1：邊線安打的俗稱，指一直沿著邊線滾到外野的安打。

兄弟倆表現都很好呢……
到底要為誰應援，好讓人掙扎啊……
分數目前是由您的孩子領先，太謙遜可會顯得失禮呢。
啊、小女子並無意冒犯二爺……
開開玩笑罷了。
球場上本來就有勝負之分，何來失禮，您說對吧？

通常會教球員儘量往中間打，但他們用推打或拉打攻擊左右外野。
尤其那個一號
我們完全被針對弱點攻擊了。
真的假的？
剛好避開高能的守備區域，造成大量失誤。
就算峰生可以壓制他們部分打者……
但是刻意控制方向的小飛球串連起來，
台灣大中港 3
武德 1
5
武德
會讓投手無法輕鬆面對打者。

而且……
氣勢顯然被對方壓過去了。
跟教練說的一樣，花俏的招式對有經驗的打者起不了作用。
關一的配球也被他們看穿了，暗號也是嗎？

既然沒用……
沙
當他轉成側面投球時，球速會上升三到五公里，
那就試試這招！
球威會瞬間變得相當有威脅性！
武德
下沉幅度會變大，這點請務必特別注意。
高飛犧牲打！台灣大中港再添一分。
台湾大中港 4
武德 1
5

糟糕，他的心情……
阿峰！
可惡他不看這！
可惡……
飛球太不安全，左閃右閃也會被逮到……
到底要怎樣才能解決這種等級的打者？
刷
他想幹嘛？我都還沒打暗號……

噫！
真的假的啊？不是說只增加五公里嗎？
怎麼跳到一三八去了？
哇，主角威能啊！
也對啦！峰[2]一包都一百四了，我們阿峰投個一百四也是應該啦～

※2：香菸品牌名。

三振出局！
攻守交換！
厲害……
峰生，你讓我也熱血起來啦！

武德高中三人出局、攻守交換！
他現在根本不等我配球就啟動了……
嘖！好快！
啪
刻意加快投球速度，擾亂對方打者的節奏……跟我的配球風格完全不同！
是他自己想這樣作的嗎？
武德
Bú-Tik

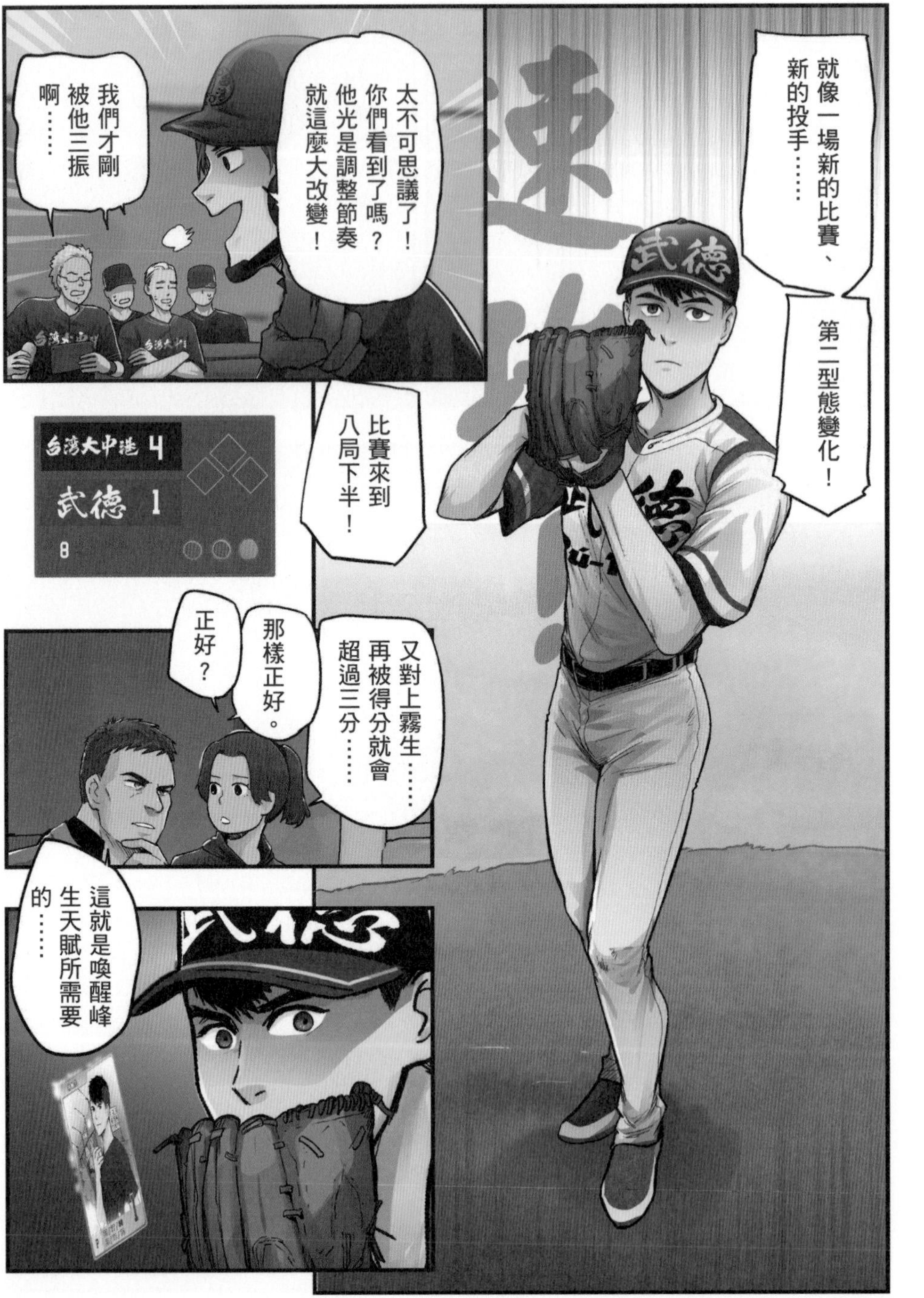

就像一場新的比賽、新的投手……
第二型態變化！
太不可思議了！你們看到了嗎？他光是調整節奏就這麼大改變！
我們才剛被他三振啊……
比賽來到八局下半！
台灣大中港 4
武德 1
8
又對上霧生……再被得分就會超過三分……
那樣正好。
正好？
這就是喚醒峰生天賦所需要的……

遇強則強
遇強則強？麻煩的天賦啊……
嚓
武德
下沉的快速直球？！

！
真的假的……
還在上升？
峰生你……這麼快就要追上我了？
不要想太多那是快樂槍！
霧生加油！你可是我們的隊長啊！
跟他拚了！
我會的！
界外球！請小心！

壞球！
老爺沒事吧！
我是靈會有什麼事。
兩好兩壞了？
要直接拚好球解決這回合，還是再引誘看看？
……不行，給他看更多球只會更危險。
決勝！
投手要有一顆決勝用的球種，
關鍵決勝點時，使出超級必殺技一口氣幹掉對方！
通常是投手最有自信的球種啦……不過你現在剛學，每種球的熟練度都差不多。
這顆球是臺灣之光喔，你可以藏到最後一刻。
臺灣之光？

德

台湾大中港 4
武德 1
8
啪

三振出局！
咦？
怎麼……不是已經超出好球帶了嗎？
走吧，三出局了。
喔……
那個捕手……

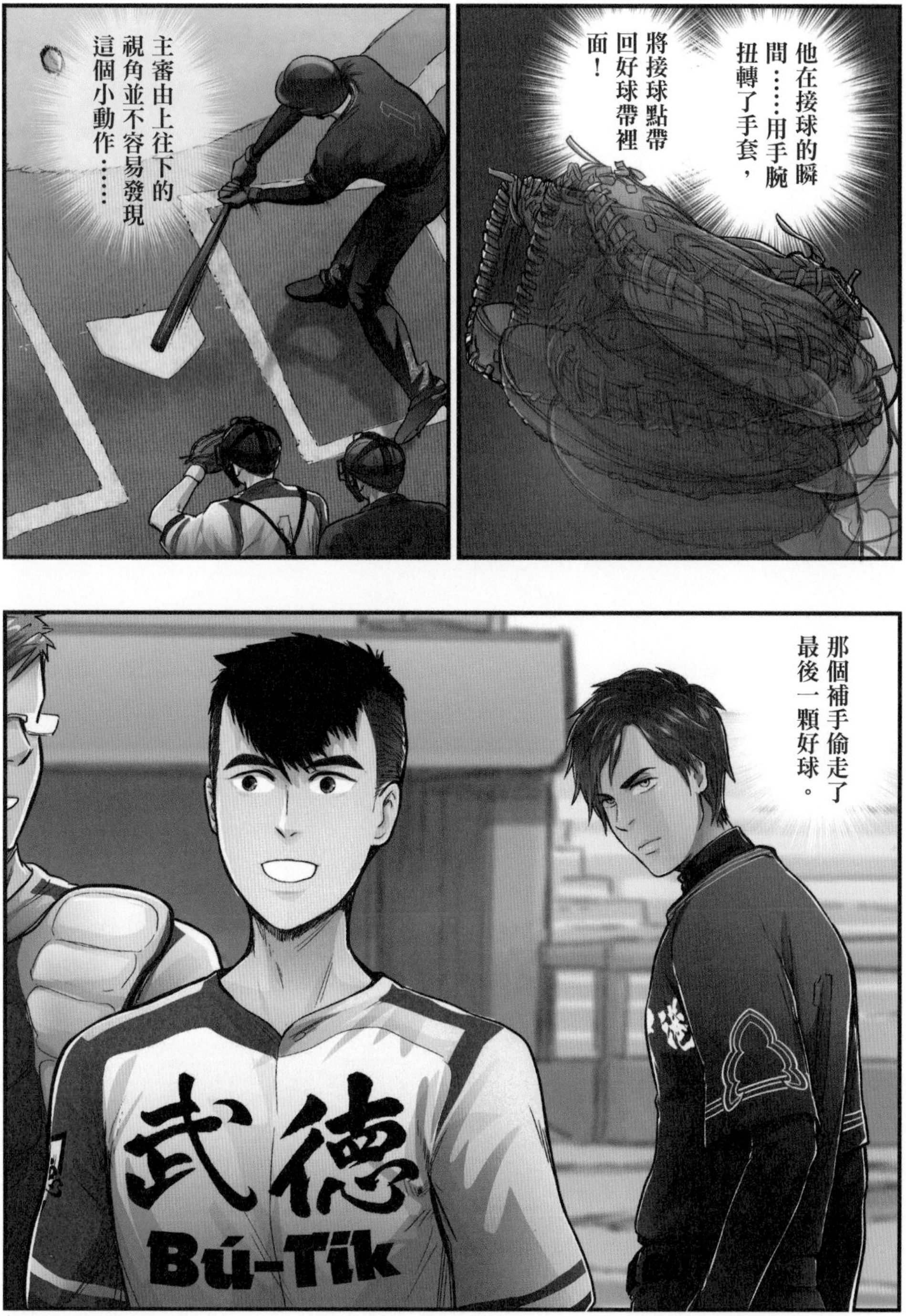
他在接球的瞬間……用手腕扭轉了手套，
將接球點帶回好球帶裡面！
主審由上往下的視角並不容易發現這個小動作……
那個補手偷走了最後一顆好球。
武德
Bú-Tik

那傢伙完全無視我跟峰生的決鬥呢。
……
但沒關係，這些我都可以幫你。
這就是你不願意來我這的原因嗎？
優秀的投手搭配一個強大的捕手……
哈哈哈
峰生，我好期待在巔峰盃跟你一決勝負啊！

三振！
有牛棚真好……
他們的二號投手也真強……
九局上半武德三人出局無得分
比賽提前結束！
武德
4:1
剛剛那個半局真可惜，要不是裁判……
你在最後三振我了，這是事實，
才一年級就能這樣……我很期待之後你會變成什麼樣的怪物喔。
怪物？
好好地成長讓我期待吧，峰生。

諸義盃落幕
臺中霸主台灣大中港
續寫連霸紀錄
噠噠
今年暑假的地方賽事紛紛落幕，北部淡彰聯盟由政龍高中奪冠，
而中部諸義盃依舊由台灣大中港高農衛冕成功，續寫連霸紀錄。
噠噠噠
呵
噠噠
南部兩大聯賽鳳山盃與承天旗則分別由大港高職與平南高中奪下冠軍……
承天
平南
TAKAO

賀！
武德高中棒球隊
獲得台中地方賽
亞軍！
郭教練、林教練，體育版我拿來囉！
來看看……哇，照片登得滿大的！
今年的大黑馬絕對是武德高中莫屬了，他們的成長令人期待，林峰生投手在先前與平南高中的友誼賽中更是展現壓倒性
上圖：投手林峰生
記者：阿其拉

Tips
「偷好球」
這可是捕手的基本技巧！
捕手的任務除了配球，
還可以幫忙投手得到
更多好球喔！
位移後接球點
原本接球點

第28回. 國球

來，大家一起說——
讚！
武德
Bú-Tik
哈哈哈
我們武德的孩子就是這麼優秀！
雖然資源沒其他名校多，卻能夠在地方聯賽得到亞軍，實在是逆流而上的典範啊！
希望他們能在全國大賽順利晉級，一路過關斬將！
多多為學校爭光哈哈！武德高中一直都被教育部評鑑為優良學校呢！
巔峰盃賽制為男女混合、木鋁混棒[3]的淘汰賽制。全國兩百多支的高中隊伍將分成七個地區進行淘汰賽，
最後由三十二強隊伍進行精英淘汰賽來決定最後冠軍。
距離開幕還有三星期。

※3：指球棒有鋁製跟木製兩種。鋁棒較輕，不用費太多力即可將球擊中：木棒打擊難度較高，但更能掌握球打出去的路徑。一般來說，木棒為職業選手使用。

校長室
Principal's Office
校長，聽說您找我。
這個是怎麼回事？
？
是我們報名巔峰盃的文件。
不，我是在問球隊沒人了嗎？
高：165公分
隊日期：00/0000/00
號：3
為什麼有女學生？她並不是體育班，而且還有很多不是體育班的人！
你讓這些學生去參賽對他們有什麼幫助？

女生以後又不會讀體育，帶她們去也不會加分！
……但這份名單跟諸義盃的是同一份。
那是地方賽、這是全國賽啊！
地方媒體就算了，這個是會上電視的！
……
你應該知道吧？會有記者、直播，還會有球評跟電視！全國都會看的！
已經連續幾年成績這麼差，你要拉戰績就多找幾個運動細胞好的普通班男生去湊數嘛！簡單啊對不對？
你想想看別人說：「武德高中派女孩子耶～他們沒人了嗎？」這話是能聽嗎？你們贏不了球就沒有意義啊！
女孩子就讓她們當啦啦隊，我看她們也滿可愛啊！
喀
穿短短的裙子在旁邊跳舞，大家看了高興，學校也有面子對不對？

……
把名單改一改再交給我！
啊！
教練，
你快點看這個！
這是啦啦隊服！奇奇設計的！
我看田心她很認真在練習，想說就幫忙設計看看囉！

……
教練，怎麼了？為什麼報名表還在你這？
我記得……不是明天就截止了嗎？
……
……學校把名單退回來了，
說是不能讓女學生參加比賽……
我很抱歉……這是大人的問題。
蛤？
我是隊上的安打王耶！
……
不要擔心！
！

交給我吧，
我會處理！
……
明明是大人的
問題，我很抱歉。
我已經十七歲
快成年了，
人並不會在跨過
生日的夜晚後就
瞬間長大，
要學習面對、
處理問題，
才會真的長大。
教練擅長的
是跟棒球有
關的東西，
峰生他需要
一個好教練來
專心指導他。
拜託了。

總有一天
……要面對的。
父親大人
您剛調到我們這的學校，一定有很多事情不太熟悉吧，王校長。
你嘛知影，時代已經進步，性別的觀念佮婚姻的觀念，佮過去攏無啥仝款矣嘛。
也知道
跟
跟
都不太一樣
是的、沒錯！

男生跟男生、女生跟女生都可以結婚，大家歡歡喜喜過日子。
現在校園都倡導性別平等，我們武德高中也是這樣教導學生的！
咱若因為家己（自己）較古早的觀念和囡仔人（孩子）冤甲（吵得）紅頭赤髻，足歹看（很難看）。
你講敢著（你說是吧）？
張議員，武德高中自從被評鑑為優良學校後從來沒改變教育理念，請您放心！
按呢就著矣嘛（這就對了嘛）。
愛予（要讓）囡仔做學生的時陣（時候），會當（可以）加享受寡（些）快樂佮（跟）自由，
我嘛予阮後生拍野球啊（我也是讓我兒子打棒球啊）。
伊閣（還）做隊長，最近毋（不）是閣著（得到）一个袂穤（不錯）的獎？
縣級亞軍！非常厲害的！
臺中市議員
張武男

那校長，您相信我兒子的球隊能得到更好的成績嗎？
哈
這就對了，您真是開明啊！
我相信您兒子！絕對讓球隊自由發揮！
因為武德是教育部認可的優良學校，我才放心把兒子交給你們，他也會跟我分享學校的困難，
我對教育議題非常關心，畢竟孩子是未來的主人……如果王校長您遇到了什麼問題……儘管開口。
是、絕對沒有問題！非常感謝議員的關心，未來在評鑑上也還請多多關照了！

都搞定了，小孬孬一個。
謝謝爸爸幫忙。
課業怎樣，還有時間打棒球？
我上次看到那個常跟你們一起的女孩……叫田心吧？
在草悟道那跟一群亂七八糟的孩子跳舞，這種女孩……
爸，她是為了幫我們加油而在練舞，我的成績校排第十應該還算過得去。
廟裡和民眾服務都不用擔心，我會作適當安排。
而且棒球是臺灣的國球，以後我走你這條路，會給民眾親切感的。

國球？
要錢沒錢、要人不給人，你要我去跟校長聊天，不就為了這個忙？
然後你現在跟我講棒球是我們的國球？我跟你講，棒賽啦！
爸爸知道你的想法，在選民眼中這些條件的確都是加分，
可是那些老人吼……

尤其公家機關的眼中只有錢啊考績啊和自己烏紗帽有多大頂，爸煩惱的是你若這麼古意(老實)下去，到時候怎麼被人作掉都不知道。
你現在還小，經驗也不多，女孩子也是一樣，田心那種女孩你想追就去追吧，
但是你長大之後，就要去認識跟我們有同樣地位的人。
咱這款予選民交付權力的人，就愛(要)比一般人擔較濟(更多)責任，我袂假做講(不會假裝說)我佮(跟)一般民眾是仝款(一樣)的人。
關一，選民共(把)票頓予(投給)咱，就是愛(要)咱替個(他們)做一寡仔(一些些)個做袂(不)到的代誌(事情)，咱嘛愛用佮(跟)個無仝(不同)的角度來思考問題，才會當(能夠)解決問題，知影無(知道嗎)？
知。

啊你弟咧，怎麼整天跟那隻野狗跑工地，地方服務呢？
他個性不適合這種事……
啥物不適合！你兩個都是我生的！
什麼
身上流著我的血，總有一天你們都要接這個棒子！
他很會喝酒，也很會逗長輩開心，紅白場有他一定熱鬧。
人要放對地方，複雜的選民服務由我去比較適合，爸你可以專心市政。
那就好。
報名表交給校長，
報名完了
輸入訊息...
夭壽，今年底選舉有夠累的……

學弟們你們是在跳舞嗎？
是！
給我認真點啊！
是！
做完後進行打擊訓練，
那傢伙怎麼啦……昨天才剛打完承天旗耶……
巔峰盃還有三星期啊……
真是不習慣這個勤勞練習的阿灰啊……害我們都不能偷懶了。
牛棚熱身完了？過來餵球！
是！學長！

武德球場
教練，我們還有缺什麼硬體設備嗎？
沒吧，最近有民眾送了不少箱水跟裝備……
連貼紮都有～
怎麼了？
是這樣的，我從後臺看到有人捐了一筆不少但也不多的錢給我們，
他還註記希望我們有效地利用這筆錢……
有效利用……這的確不太好決定……
不能吃掉
……關一，
師傅們什麼時候要過來修球場？
明天早上開始，大概兩星期，開學之前能完成。

這樣代表開學以前我們會有兩星期多的時間，
9/1
NOW
沒錯。
然後開學後巔峰盃馬上就開幕了對吧？
是。
這樣時間應該差不多……我有一個大膽的想法。
教練你看了什麼？？！
走吧，我們去臺灣棒球的家鄉特訓！

奇怪的知識&
大膽的想法

番外篇

真、真心感謝大家，竟然到第四集了……
已經突破上個作品《火人》三集了……真的太感謝ㄉ……
這次要聊聊第四集中關於霧峰林家的故事……
嗨好久不見！我是多功能的花栗鼠！
聽說你家跟林家有關係？
嚴格來說不是我家啦……
是強者我媽家！
鼠媽

一開始花栗鼠只是隨口問問的……
欸媽我們住臺中ㄟ，會不會跟霧峰林家有關係吧？
不確定耶，但摘星山莊是我們家的，以前我在那過年喔。
?!
然後就真的載著花栗鼠跟鼠弟去參觀摘星山莊了。
不過被後人賣給政府囉。
養古蹟太燒錢了嘛。
為什麼我回自己家還要買門票！
售票口
請問需要導覽嗎？
不用我超熟。
結果真的講得超詳細。

欸我翻祖譜發現祖先有林默娘耶。
以前不是都會把同姓名人寫進去嗎？
也是啦。
臺灣十大民宅之首的摘星山莊已超過百年歷史，目前為臺中市定古蹟，入內需要預約。
還是覺得為什麼我回家要付錢啊！
該學學我們臺南拿出身分證進古蹟都不用錢喔。
古蹟看到飽最高CP值！
CP值最高的身分證鳥不起喔。
總之第四集霧峰雙子故事，算是有參考花栗鼠家的故事製作出來的。
不過故事場景是霧峰林家，
歡迎大家到霧峰林家、摘星山莊去走走逛逛～

另外本集也出現了守護神、守護靈，個人的與整支球隊的可能不大一樣。球隊的屬於眾所皆知的神明。
關公
城隍
我里長啦！
土地公
虎爺
台中
文昌
默娘
濟公
我還特別跑去問韋宗成老師能不能讓默娘登場，真的非常感謝宗成老師答應！
角色們則會有屬於自己的守護靈，可能是祖先也可能是精靈，
其實每個人都有自己的守護靈，只是我特別挑出幾個角色來畫而已。
南
武德
武德

可能看起來有點怪力亂神……
但是我覺得這樣會更有連結感，
也有教練會在賽前帶球隊去拜拜祈求勝利……
因為黑白兩道通吃，我選擇關爺擔任主角隊的守護神，
結果搬家到臺南後，房東說樓上住著關公和土地公，也算是種緣分吧。
總覺得一點都不意外……
沒問題！
樓上有神明，我們會拜喔！
房東

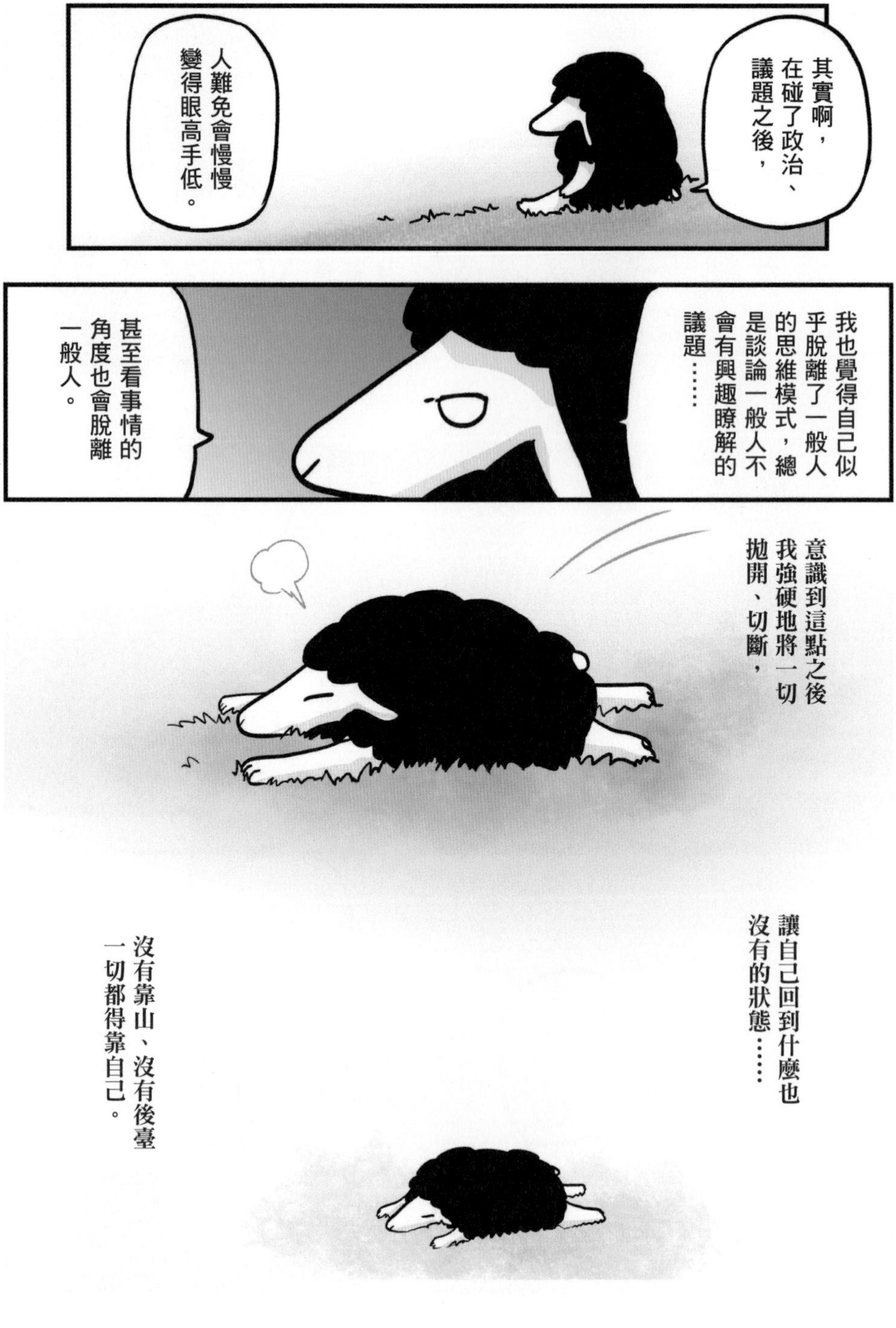
其實啊，在碰了政治、議題之後，
人難免會慢慢變得眼高手低。
我也覺得自己似乎脫離了一般人的思維模式，總是談論一般人不會有興趣瞭解的議題……
甚至看事情的角度也會脫離一般人。
意識到這點之後我強硬地將一切拋開、切斷，
讓自己回到什麼也沒有的狀態……
沒有靠山、沒有後臺一切都得靠自己。

想要重新體會
這塊土地的味道……
如果我什麼也沒有，
也不認識大人物，
……
來自一個普通家庭，
想要做一件事卻
缺乏資源。
竟然還要特地跳脫環境
去思考這種問題，
雖然有點諷刺，但
這也代表之前的我，
過得還不錯了吧……

永遠也忘不了，某年除夕圍爐，被大伯當眾洗臉。
你堅持興趣畫圖，只會讓我們家賠錢賣田產！
後來我再也沒有回家吃年夜飯。
花了好幾年的時間跌跌撞撞，
直到與總統合照的照片傳回家族後，這些聲音才停止。
我可以幫你。
！
總是羨慕著其他人，有著家族的支撐，是一件多幸福的事情呢。

啊算了反正都走到這裡了，就繼續吧！
第五集要進入所有少年漫畫都會有的特訓篇了！
也是我自己最喜歡的一集呢！
曾經有人說不知道臺灣漫畫的高度能畫到什麼高度？
多高？臺灣的高山密度可是數一數二的！
就讓我們攀上物理的高度吧！

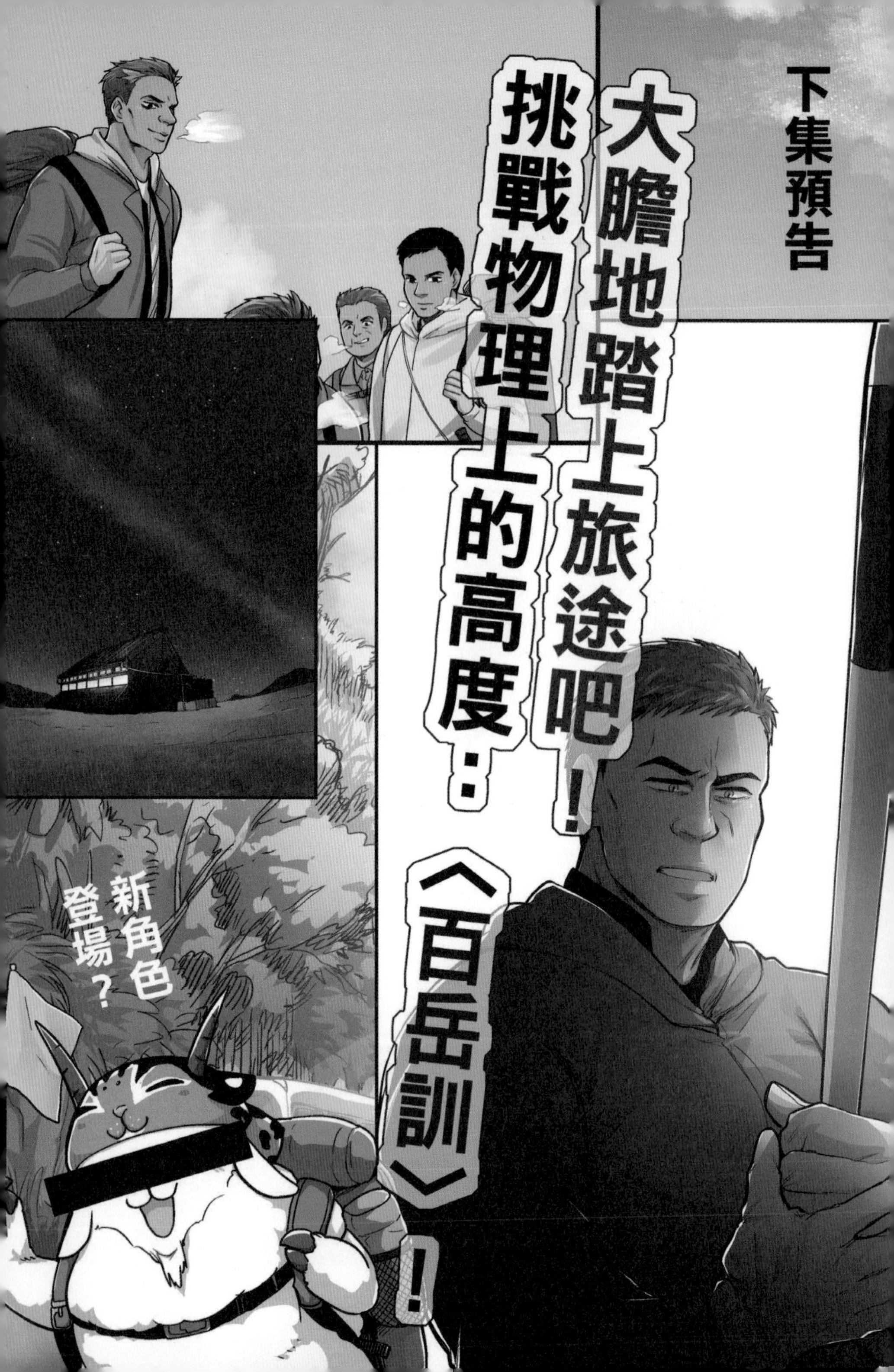
下集預告
大膽地踏上旅途吧！
挑戰物理上的高度：〈百岳訓〉！
新角色登場？

Fun 077

棒球人生賽 4th

作者——蠹羊（羊寧欣）
協力——花栗鼠（韓璟）
主編——陳信宏
責任編輯——王瓊苹
責任企劃——吳美瑤
美術協力——執筆者企業社
臺文審定——薛翰駿、李盈佳
贊助單位——文化部

編輯總監——蘇清霖
董事長——趙政岷
出版者——時報文化出版企業股份有限公司
一〇八〇一九台北市和平西路三段二四〇號三樓
發行專線——（〇二）二三〇六—六八四二
讀者服務專線——〇八〇〇—二三一—七〇五
（〇二）二三〇四—七一〇三
讀者服務傳真——（〇二）二三〇四—六八五八
郵撥——一九三四四七二四時報文化出版公司
信箱——一〇八九九臺北華江橋郵局第九九信箱
時報悅讀網——http://www.readingtimes.com.tw
電子郵件信箱——newlife@readingtimes.com.tw
時報出版愛讀者粉絲團——http://www.facebook.com/readingtimes.2
法律顧問——理律法律事務所 陳長文律師、李念祖律師
印刷——和楹印刷有限公司
初版一刷——二〇二〇年十二月十一日
定價——新臺幣三三〇元

時報文化出版公司成立於一九七五年，並於一九九九年股票上櫃公開發行，於二〇〇八年脫離中時集團非屬旺中，以「尊重智慧與創意的文化事業」為信念。

ISBN 978-957-13-8440-5
Printed in Taiwan

「用臺灣人最喜歡的棒球，
述說這塊土地的故事。」

《棒球人生賽 1st》

定價：320　作者：蠢羊

走入臺灣夜市、宮廟、高中校園；
與少年們，用棒球寫下熱血青春！
依霧川興建的武聖宮，廟口是人聲鼎沸的霧川夜市；少年阿峰在夜市裡擺九宮格，用棒球賺取生活費，今年才高一的他，並不打算繼續升學……

《棒球人生賽 2nd》

定價：320　作者：蠢羊

在絕望之中出現了一點星火，
就用盡全力地點燃它吧！
初登板就展露驚人天分的阿峰，開始感受到棒球的魅力，因為要幫忙家計、謝絕所有課外活動的心也忍不住動搖了……

《棒球人生賽 3nd》

定價：330　作者：蠢羊

明星強打 vs 地攤投手，
啟動命運齒輪的一戰……
「平南」與「武德」，兩校友誼賽開打。面對實力堅強的傳統棒球名校，武德在峰生的奇襲下，居然爆冷門率先奪下兩分……